Paramaribo
Atlantik
Französisch-
Guyana
Brasilien
Macapa
Araguaina
Oriximina
Monte Alegre
Belem
Santarem
Parintins
Altamira
Urura
Tucurui
Maraba
Parauapebas

KJB

Bevor Andreas Schlüter, geboren 1958, mit dem Schreiben von Kinder- und Jugendbüchern begann, leitete er Kinder- und Jugendgruppen und arbeitete als Journalist und Redakteur. 1994 feierte er mit dem Kinderroman »Level 4 – Die Stadt der Kinder« einen fulminanten Erfolg und ist seitdem als Autor tätig. Andreas Schlüter verfasst zudem Drehbücher, unter anderem für den »Tatort«. Schon als Junge liebte er Abenteuerromane, in denen man die wildesten Sachen erleben kann, ohne nasse Füße oder Kratzer zu bekommen.

Stefani Kampmann, geboren 1971, zeichnete schon als Kind gerne und überall. Während ihres Studiums der Innenarchitektur nahm sie zahlreiche Aufträge als Illustratorin an und verfolgte diesen Weg danach weiter. Sie bebilderte viele Kinder- und Jugendbücher und veröffentlichte zwei Graphic Novels. Außerdem gibt sie Comic-Workshops für Jugendliche. In ferne Länder ist sie schon einige Male gereist, zum Glück musste sie dort aber (fast) nie ums Überleben kämpfen.

Weitere Informationen zum Kinder- und Jugendbuchprogramm der S. Fischer Verlage finden sich auf *www.fischerverlage.de*

Andreas Schlüter

SURVIVAL

DER SCHATTEN DES JAGUARS

Band 2

Mit Vignetten von
Stefani Kampmann

KJB

Alle Bände der ›Survival‹-Serie bei FISCHER KJB:

Band 1: Survival – Verloren am Amazonas
Band 2: Survival – Der Schatten des Jaguars
Band 3: Survival – Im Auge des Alligators
Band 4: Survival – Unter Piranhas
Band 5: Survival –Im Netz der Spinne

Weitere Bände sind in Vorbereitung!

MIX
Papier aus verantwortungsvollen Quellen
FSC® C083411

3. Auflage: Juli 2019

Erschienen bei FISCHER KJB

Umschlaggestaltung: Atelier Seidel Verlagsgrafik
Satz: Dörlemann Satz, Lemförde
Druck und Bindung: CPI books GmbH, Leck
Printed in Germany
ISBN 978-3-7373-4074-8

Was bisher geschah

Der dreizehn Jahre alte Mike fliegt mit seiner jüngeren Schwester Elly nach Manaus, Brasilien. In der Großstadt am Rande des Amazonas-Regenwalds wird die Familie die nächsten Jahre leben, da der Vater dort an einem Bauprojekt arbeitet. Mike und Elly lernen die Söhne eines guten Kollegen und Freundes ihres Vaters kennen. Matheus (14), genannt Matti, und Gabriel (11) sind in Manaus zweisprachig aufgewachsen, sprechen also fließend Deutsch und Portugiesisch. Gemeinsam machen die vier Kinder einen Rundflug über das Amazonas-Gebiet – ein Geschenk der Eltern. Den alten, netten Piloten Luiz kennen die Väter von der Baustelle und haben volles Vertrauen zu ihm. Die Kinder sind begeistert und genießen den Rundflug. Aber dann der Schock: Luiz erleidet plötzlich mitten im Flug einen Herzinfarkt und stirbt. Matti, der einen Segelflugschein hat, versucht verzweifelt, das Flugzeug zu steuern. Aber es gelingt ihm nur gerade so eben, eine katastrophale Bruchlandung zu verhindern, als sie abstürzen.

Alle Kinder landen leicht verletzt, aber bewusstlos am Boden. Als sie aufwachen, finden sie sich mitten im Regenwald wieder. Sie haben nicht die geringste Ahnung, wo sie genau sind und wie man aus dem Wald herausfindet. Da sie nur auf einen kurzen Ausflug eingestellt waren, haben sie kaum Ausrüstung dabei – außer Mikes Überlebensgürtel und seinem Survival-Buch. Beides hatte er mitgenommen, um »Abenteuer« zu spielen. Jetzt könnte es ihnen das Leben retten.

Die vier Kinder müssen sich durch den Dschungel schlagen, in der Hoffnung, irgendwo auf Menschen zu treffen, die ihnen helfen und sie retten.

Nach einigen Tagen begegnen ihnen tatsächlich zwei Männer. Doch sie haben Waffen und nehmen die Kinder gefangen. Es sind Arbeiter der Mafia, die illegal große Teile des Regenwalds abholzen. Weil die Kinder sie entdeckt haben, betrachten die Banditen sie als Gefahr und sperren sie in ihrer Siedlung ein. Durch eine riskante Aktion können die Kinder aber fliehen. Nun sind sie wieder allein im Dschungel. Plötzlich bekommt Elly Fieber und wird krank. Die Kinder hören Stimmen. Werden sie gerade rechtzeitig gerettet? Können sie Elly ins Krankenhaus bringen? Dann spüren sie nur noch, wie sie von kleinen, dünnen Pfeilen getroffen werden. Danach wird ihnen schwarz vor Augen.

Indianer haben die vier gefunden, und der Schamane kümmert sich sofort um die kranke Elly. Die Kinder schöpfen Hoffnung: Haben die Indianer Kontakt zu Weißen? Wollen und können sie den Kindern helfen und sie aus dem Dschungel führen?

Krankheit

Elly lag mit hohem Fieber in der kleinen Hütte, die etwas abseits von der großen Gemeinschaftshütte des Indianerstammes lag. Mike und seine Freunde Matti und Gabriel hatten zuerst nur aus sicherer Entfernung einen Blick auf sie werfen dürfen. Jetzt aber schien der Schamane zu der Überzeugung gelangt zu sein, dass Elly von keiner ansteckenden Krankheit befallen war. Das vermutete Mike jedenfalls. Vielleicht wusste der Schamane auch nichts von ansteckenden Krankheiten, und es hatte einen ganz anderen Grund, dass er und die beiden Brüder nun endlich zu Elly gehen durften. Ellys Stirn glänzte schweißnass. Ihre Augen starrten irgendwo ins Leere, und sie phantasierte vor sich hin. Erst stöhnte sie nur leise, dann brabbelte sie unverständliche Worte und warf ihren Kopf hin und her, bis sie sich schließlich zu beruhigen und einzuschlafen schien. Doch schon im nächsten Moment riss sie erneut die Augen auf, und das Stöhnen und Brabbeln begann von neuem. Bestürzt betrachtete Mike seine Schwester und wandte seinen Blick ratlos und hilfesuchend zu Matti. Immerhin war dessen Vater Arzt. Vielleicht konnte er diese beängstigenden Symptome besser deuten?

Doch Matti zog die Schultern hoch. Er hatte auch keine Ahnung. »Dass sie phantasiert, muss nicht am Fieber liegen«, versuchte er trotzdem, Mike zu beruhigen, »sondern an den Drogen, die der Schamane ihr verabreicht hat.«

»Drogen?«, schreckte Mike auf. Das wäre ja noch schlimmer als die Krankheit, fand er.

Matti winkte ab. »Na ja, letztlich ist jede Medizin eine Droge. In anderen Dosierungen wären die meisten Medikamente, die wir kennen, pures Gift. ›Risiken und Nebenwirkungen‹. Kennt man doch aus dem deutschen Fernsehen. Der Schamane nutzt bestimmte Pflanzen zur Betäubung oder zur Heilung. Wir können froh sein, dass wir offenbar auf einen Stamm getroffen sind, der noch einen alten Schamanen hat.«

Mike verstand nicht so recht, was Matti ihm damit sagen wollte.

Mattis Bruder Gabriel erläuterte es ihm: »Viele indigene Stämme sind vom Aussterben bedroht. Sie werden immer weniger. Und mit ihnen stirbt das Wissen der alten Indianerstämme. Auch hier siehst du, wie klein der Stamm ist.«

INDIGENE VÖLKER BRASILIENS

Früher lebten in Brasilien 11 Millionen Menschen in etwa 2000 verschiedenen Völkern. Hundert Jahre nach der ersten Kontaktaufnahme wurden 90 % der indigenen Völker – der Ureinwohner Brasiliens – durch eingeschleppte Krankheiten wie Grippe, Masern oder Pocken ausgerottet. Weitere Zigtausende starben bei der harten Arbeit als Sklaven auf Zuckerrohr- und Kautschukplantagen.

Mit noch 36 000 Angehörigen sind die Tikuna das größte Amazonas-Volk Brasiliens, aber viele Amazonas-Völker haben heute längst weniger als 1000 Mitglieder. Die Awá haben zum Beispiel weniger als 500, die Akuntsu sogar nur noch vier (!) Angehörige.

Die Abholzung des Regenwalds, und damit die Vernichtung des Lebensraums der indigenen Völker, schreitet immer schneller voran. Zudem erkennt die brasilianische Regierung den noch verbleibenden Landbesitz der indigenen Völker nicht als deren Eigentum an. Systematisch werden weiterhin Dörfer abgebrannt und die heimatlosen Bewohner vertrieben, gejagt und getötet.

Gabriel zeigte in Richtung Hütteneingang. »Ich schätze mal, fünfzig Leute oder so. Früher waren das sicher mal ein paar hundert. Es kann sein, dass der Schamane der Letzte ist, der was von Heilkunde versteht. Wenn der mal stirbt, ist das Wissen weg. Für immer verloren.«

Mike hörte ihm bedrückt zu.

Matti nickte unterstützend. »Unser Vater hat mal erzählt, es gibt hier am Amazonas einen Indianerstamm, der besteht nur noch aus einem einzigen Indianer. Er ist tatsächlich der letzte Verbliebene.«

Es fiel Mike schwer, sich das vorzustellen. »Ein einzelner Mann ist der gesamte Indianerstamm?« Sein Opa hatte einen uralten Abenteuerroman in seinem Bücherbord, erinnerte Mike sich. Der hieß: *Der letzte Mohikaner*. Hier also war der Titel Wirklichkeit geworden. Der letzte Indianer eines Stammes!

Elly riss ihn aus seinen Gedanken. Sie hob den Kopf, stierte immer noch ins Leere und stöhnte: »Durst!«

Schon ließ sie ihren Kopf wieder zurücksinken, ohne den Blick von dem fernen unsichtbaren Fixpunkt abzuwenden.

»Haben wir etwas zu trinken?«, fragte Mike und schaute sich nach einer Flasche um. Doch er fand keine.

Auch Matti und Gabriel hatten nichts dabei und sahen sich um, allerdings nicht nach einer Flasche, was

Mike zunächst gar nicht bemerkte. Erst als Gabriel auf etwas zeigte und rief: »Da!«

Er hob einen Beutel in die Höhe, der – das konnte Mike nicht genau erkennen – vielleicht aus Leder war oder einem Stoff. Vielleicht bestand er aber auch aus Rinde oder Blättern.

Gabriel schüttelte den Beutel, goss ein wenig der Flüssigkeit auf den Boden, hielt den Finger darunter und kostete. »Das ist Wasser!«

»Regenwasser?«, fragte Mike.

»Keine Ahnung!«, antwortete Gabriel. Er verstand, worauf Mike hinauswollte: War das Wasser hygienisch genug, um es zu trinken? Aber sie hatten keine Wahl. »Wenn die Leute hier es trinken, wird es wohl gut sein.«

Am Eingang der kleinen Hütte warteten drei Frauen, die sie beobachteten und wohl jederzeit bereit waren, hereinzukommen und Elly zu helfen, wenn sie Hilfe benötigte.

Gabriel hielt den Wasserbeutel halb in die Höhe und deutete mit fragender Geste darauf. Die drei Frauen nickten ihm zu.

»Bist du sicher, die wissen, was du gefragt hast?«, hakte Mike zweifelnd bei Gabriel nach.

»Nein«, gab Gabriel zu. »Vermutlich verstehen sie unser Problem gar nicht und fragen sich, weshalb man Wasser nicht trinken sollte.«

Die drei Jungs wechselten kurz ihre Blicke, dann beugte sich Gabriel zu Elly hinunter und wollte ihr soeben aus dem Beutel zu trinken geben.

Im selben Augenblick standen zwei der drei Frauen neben ihm. Die eine nahm ihm den Wasserbeutel aus der Hand. Die andere hielt eine Schale, obwohl Mike sich sicher war, dass keine der Frauen zuvor etwas in Händen gehalten hatte. In der Schale waberte eine milchig-weiße, etwas angedickte Flüssigkeit, die die Frau Elly jetzt zum Trinken reichte. Dazu hob sie mit der linken Hand Ellys Kopf ein wenig an und führte ihr mit der rechten die Schale an die Lippen. Wie eine Krankenschwester, schoss es Mike durch den Kopf. Vermutlich hatten die drei Frauen genau diese Funktion.

Elly trank gierig, doch die Frau achtete darauf, ihr die Flüssigkeit nur schlückchenweise zu verabreichen.

»Was ist das für ein Getränk?«, fragte Mike.

Gabriel schaute ihn an. »Woher soll ich das wissen? Weißt du das, Matti?«

»Nein«, antwortete Matti ehrlich. »Aber ich denke, die wissen, was sie tun.«

»Hoffentlich!«, murmelte Mike leise.

Elly hatte das Schälchen beinahe leer getrunken.

Die Frau legte Ellys Kopf sanft zurück auf die Liege. Oder wie immer man das bezeichnen sollte, worauf sie Elly gebettet hatten.

In der großen Gemeinschaftshütte hatte Mike im Vorübergehen eine Menge Hängematten baumeln sehen. Elly aber lag lediglich auf einem flachen, aus Ästen geflochtenen Gestell knapp über dem Boden. Vielleicht befürchteten die Indianer, sie würde aus einer Hängematte im Schlaf herausfallen?

Die Frau mit der Schale sagte etwas, das Mike nicht verstand. Auch Matti und Gabriel kannten die Sprache nicht. Portugiesisch war es nicht. So viel stand fest.

Die Frau bedeutete ihnen mit einer Geste, die erstaunlicherweise exakt jener entsprach, die vermutlich auch jeder Europäer benutzt hätte, dass Elly müde war und jetzt Schlaf benötigte.

Die drei Jungs warfen Elly besorgte Blicke zu und verließen die kleine, recht dunkle Hütte. Draußen warf die Sonne so helles Licht auf die Lichtung, dass die drei sich schützend ihre Hände vor die Augen halten mussten und ins Tageslicht blinzelten. Erst dann erkannten sie, dass sich eine große Gruppe des indigenen Volkes dort aufgebaut hatte, und die drei Jungs schweigend, aber durchaus neugierig musterten. Obwohl Matti und Gabriel gebürtige Brasilianer waren, hatten sie durch ihre deutschen Eltern doch auffallend hellere Haut als die Dorfbewohner. Der blasseste aber war Mike, der nicht einmal sonnengebräunt war. Mike spürte sofort, dass er Aufsehen erregte. Jetzt sah er auch, dass nur einer der Männer Badeshorts trug. Alle anderen Indianer hatten lediglich Schnüre um und über ihre Geschlechtsteile gebunden. Doch die Shorts galt Mike als Indiz dafür, dass dieses Volk mindestens schon ein Mal Kontakt zu Stadtmenschen gehabt haben musste. Denn die Hose war garantiert nicht in diesem Dorf hergestellt worden.

Zu Hause in seiner Schulklasse hätte das Bild der nackten Gruppe, das sich ihm bot, vermutlich Gelächter und Gejuchze ausgelöst. Doch hier verschwendete Mike keinen Gedanken an solche Albernheiten. Vielmehr schlussfolgerte er sofort, dass dieses Volk nur sehr selten Kontakt zu Stadtmenschen hatte. Mike wusste nicht, ob das für sie ein gutes oder ein schlechtes Zeichen war. Das zweite, was ihm auffiel, war die geringe Größe der Indianer. Mike war mit seinen dreizehn Jahren in etwa so groß wie die erwachsenen Männer, die ihm gegenüberstanden.

Unschlüssig, wie sie reagieren sollten, schwiegen die drei ebenfalls und warteten ab, was nun geschehen würde. Doch es geschah – zunächst – nichts!

Die Einwohner des kleinen Stammes blieben einfach so stehen und schauten die Fremden stumm an. Mike kam sich schon vor wie ein Alien, der mitten in einem Wohngebiet gelandet war. Vermutlich war er für dieses kleine Volk auch nichts anderes. In Science-Fiction-Filmen sind es dann meist Kinder, die furchtlos und unbefangen auf die Außerirdischen zugehen. Und gerade, als Mike dieser Gedanke durch den Kopf ging, geschah genau das Gleiche. Aus der Gruppe der Indianer trat ein Junge hervor, den Mike in etwa auf sein eigenes Alter schätzte, ging auf die Jungs zu, lächelte freundlich und machte eine Geste, die Mike eindeutig als die Frage deutete, ob er Hunger hatte. Denn er führte immer wieder seine Hand zum Mund und tat so, als würde er etwas kauen.

Mike nickte eifrig. Sein Magen hing ihm in den Kniekehlen, und nichts konnte er jetzt besser gebrauchen als eine kräftige Mahlzeit.

Der Junge ging zurück zu den anderen, drehte sich dann wieder zu Mike und seinen Freunden und winkte sie zu sich.

»Ich glaube, wir bekommen etwas zu essen«, sagte Mike leise, aber voller Hoffnung.

»Oh, das wär gut!«, seufzte Gabriel. »Ich hab tierischen Hunger!«

»Glaube ich nicht, dass die uns was zu essen geben«, widersprach Matti.

»Wieso nicht?«, wollte Mike wissen.

»Weiß nicht«, gab Matti zu. »Aber ich glaube, für die Mahlzeiten sind die Frauen zuständig.«

Mike schaute rüber zur Gruppe. In der Tat standen ihnen nur Männer gegenüber, wie ihm erst jetzt auffiel. Erneut winkte der Junge ihnen zu.

»Aber er hat doch eindeutig das Zeichen für Essen gemacht«, behauptete Mike.

»Wir werden sehen!« Matti ging auf den winkenden Jungen zu. Gabriel und Mike folgten unsicher.

Der Junge lächelte immer noch. Und Mike glaubte fast schon, sein Lächeln wäre doch eher ein schelmisches Grinsen und der Junge führte etwas im Schilde. Doch dann lösten sich drei weitere Jugendliche aus der Gruppe und gesellten sich zu ihnen, während die älteren Männer einfach so stehen blieben. Der lachende Junge nickte Mike aufmunternd zu, während ein zweiter ihm ein Blasrohr entgegenhielt.

»Was …?«, setzte Mike zu einer Frage an.

Auch Gabriel und Matti wurden solche Blasrohre angeboten.

»Was soll das?«, brachte Mike nun endlich hervor.

Matti war sich auch noch unsicher. Aber er vermutete: »Wir gehen auf die Jagd.«

»Hä?«, entfuhr es Mike.

»Das hatte er mit seiner Geste gemeint«, erklärte Matti. »Er hat uns nicht zum Essen eingeladen, sondern dazu, Essen zu besorgen! Das ist hier vermutlich Männersache.«

»Ach du Scheiße!«, kommentierte Mike, war jedoch froh, dass ihre Gastgeber ihn nicht verstanden.

Der lachende Junge sah ihn allerdings jetzt neugierig an und wiederholte: »Aduhschejse?«

Gabriel kicherte. »Wir sollten ihm andere Worte beibringen!«

Er tippte sich mit dem Zeigefinger auf die Brust und sagte: »Gabriel!«

Die indigenen Jungs rissen interessiert die Augen auf.

Gabriel wiederholte seine Vorstellung, zeigte dann auf Mike und Matti und nannte deren Namen.

»MEICK!« war am leichtesten nachzusprechen.

Mike nickte zustimmend und wiederholte. »Ich: Mike!«

Der Junge nickte, lächelte, tippte Mike an und sagte: »Ichmeik!«

Mike wollte gerade korrigieren, merkte dann aber, dass es zu kompliziert werden würde. Der Junge tippte sich an und nannte einen Namen, den Mike weder verstand noch nachsprechen konnte. Er traute sich aber auch nicht, nachzufragen. Irgendwie hätte er es peinlich gefunden.

Glücklicherweise wiederholte der Junge von selbst seinen Namen: »Daviuanuri.«

Jetzt hatte Mike es verstanden, wusste aber nicht, ob der Junge nun Daviuanuri hieß oder Davi Uanuri, also Davi mit Vornamen. Er versuchte es einfach und fragte: »Davi?«

Der Junge lachte wieder und nickte.

Mike war erleichtert. »Davi! Meik!«

Davi schüttelte den Kopf und wiederholte: »Davi Uanuri.«

Jetzt lachte auch Mike. So viel wusste er auch, dass der Junge nicht Davimeik hieß. Oder hatte er einen Witz gemacht? Egal, dachte Mike. Lachen schadet nie.

Er erinnerte sich, was ihm einmal sein Vater gesagt hatte: »Lachen ist zutiefst menschlich. Nur Menschen – und einige wenige Arten von Menschenaffen – lachen.« Insofern war es bestimmt gut, zu lachen, wenn man fremden Menschenwesen begegnete.

Nun zeigte Davi wieder auf die Blasrohre, die ihnen die anderen indigenen Jungs noch immer geduldig entgegenhielten. Mike nahm sich zögerlich eines. Noch nie hatte er ein echtes Blasrohr in der Hand gehalten. Er erinnerte sich kurz an eine Situation zu Hause in der Schulklasse. Sie hatten in der Musikstunde Blockflöte spielen sollen. Stattdessen hatten Mike und seine Freunde die Mundstücke abmontiert, die Löcher zugehalten und die Flöten als Pusterohre für Papierkügelchen benutzt, um diese den Mädchen vor ihnen heimlich in die Kragen zu schießen. Aber das war natürlich etwas anderes gewesen. Diese Blasrohre waren richtige Waffen. Das hatte er am eigenen Leibe gespürt. Denn mit Pfeilen aus Blasrohren waren sie wohl betäubt und anschließend von den Jägern hierher ins Dorf verschleppt worden. Nun reichte Davi Mike noch drei kleine, dünne Pfeile für das Blasrohr. Er meinte es

CURARE-GIFT

Die indigenen Völker Südamerikas nutzen oft vergiftete Pfeile bei der Jagd. Sie tunken die Pfeilspitzen meist in **Curare-Gift**.

Das Curare-Gift wird, abhängig von der Region und der Volksgruppe, nach unterschiedlichen Rezepturen aus verschiedenen Kräutern, Wurzeln, Rinden und Blättern verschiedener Lianenarten zusammengebraut.

Die mit den Giftpfeilen erlegte Beute zu essen ist für den Menschen ungefährlich, weil das Gift nicht über den Verdauungstrakt wirkt.

Verschiedene Bestandteile der Rezepturen fanden Eingang in die Medizin. Heute sind sie jedoch durch künstlich hergestellte Stoffe ersetzt worden, da diese weniger Nebenwirkungen verursachen.

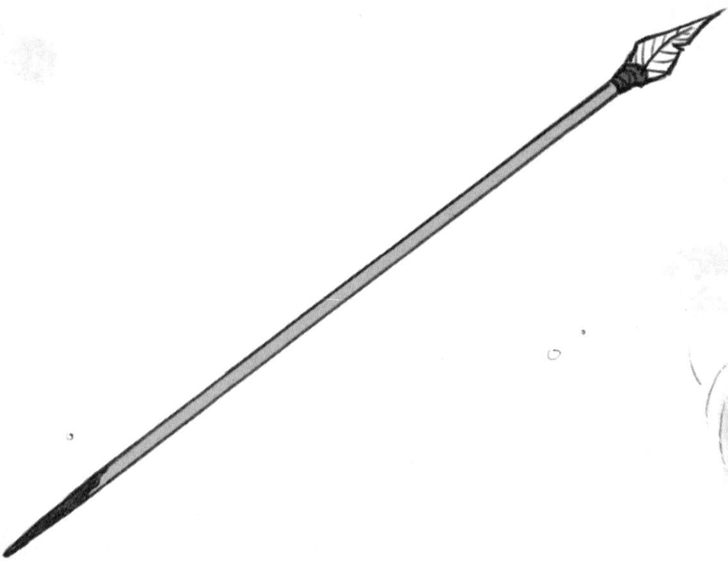

ernst! Mike scheute sich, die Pfeile anzufassen, denn er wusste, dass ihre Spitzen mit einem Gift präpariert waren.

Nur mit äußerster Vorsicht nahm er sie entgegen und hatte keine Ahnung, wie er sie nun aufbewahren sollte. Hilflos schaute er zu Gabriel und Matti, die auch nicht so recht wussten, wohin sie mit den Pfeilen sollten. Die indigenen Jungs hatten dafür kleine Köcher, die sie an Gürteln aus geflochtenen Pflanzenfasern um den Bauch trugen. Außer diesem Gürtel um die Hüfte trugen die Jungs nichts. Keine Hose und – was Mike unter diesen Bedingungen viel schlimmer fand – nicht mal Schuhe oder etwas Ähnliches. Mike dachte an den mühevollen Weg durch den Dschungel, den sie bis hierher zurückgelegt hatten. Nicht einen Schritt hätte er geschafft, wenn er keine Schuhe getragen hätte. Barfuß über den mit Wurzeln und Pflanzen übersäten Boden, auf dem es vor Leben nur so wimmelte. Jeden Meter konnte man auf Schlangen, Spinnen, Tausende Insekten oder Kriechtiere treten, jedes Einzelne von ihnen möglicherweise hochgiftig. Und diese Burschen liefen hier barfuß durch den Urwald, als spazierten sie am feinen Strand eines Touristenhotels!

Davi sagte etwas, das Mike als »Kommt mit!« deutete. Er wollte vorangehen, doch schon nach einem Schritt blieb Davi stehen, riss seine Augen weit auf, stierte in den Himmel und spitzte die Ohren. Auch die anderen Jungs waren von einer Sekunde auf die nächste hochgradig alarmiert. Sofort hielten sie ihre Blasrohre in Angriffsstellung schräg hoch in die Luft, noch ehe Mike auch nur ahnte, was geschehen war. Er, Gabriel und Matti schauten sich erstaunt um, suchten den Himmel ab, konnten jedoch nichts entdecken.

Bis Gabriel plötzlich ein Geräusch vernahm.

»Ein …!«, rief er, brach aber ab, wohl, weil er selbst nicht glauben konnte, was er da gehört hatte. Er lauschte noch mal, dann war er sich sicher: »Ein Flugzeug!«

Jetzt hörten Mike und Matti es auch.

Mike traute seinem Gehör im ersten Moment ebenso wenig. Das konnte doch nicht sein! Ein Flugzeug! Hier, im dichtesten Dickicht des Dschungels?

Das Geräusch wurde lauter und war immer klarer zu hören. Das war ein Flugzeug, kein Zweifel! Ihre Rettung! Das, worauf sie so lange gehofft hatten!

Unwillkürlich warf Mike sein Blasrohr beiseite, begann, mit den Armen zu wedeln, auf- und abzuspringen und laut zu rufen – obwohl noch nichts von dem Flugzeug zu sehen war. Aber das Motorengeräusch wurde immer lauter.

Auch Matti und Gabriel wollten sich nun bemerkbar machen und rissen ihre Arme hoch. Da war der Propeller des Flugzeugs schon zu sehen.

»Hier!« Mike brüllte so laut er konnte.

Doch im selben Moment spürte er einen harten Stoß. Ehe er begriff, was geschah, lag er schon bäuchlings auf dem Boden, das Gesicht halb in den Sand gedrückt. Davi lachte nicht mehr, sondern hielt ihn fest am Boden, so dass Mike sich nicht mehr rühren konnte. Halb aus den Augenwinkeln sah Mike, dass es Gabriel und Matti nicht besser erging. Auf Matti hatten sich sogar zwei Jungs geworfen. Weitere eilten herbei, die sie an den Beinen packten und in null Komma nichts von der Lichtung hinein ins Dickicht zogen, während die Männer, die bisher nur stumm dagestanden hatten, in Sekundenbruchteilen aktiv wurden. Sie hielten ihre Blasrohre abschussbereit in die Höhe, bereit, den Kampf gegen das fremde Ungetüm aufzunehmen.

»Halt! Nein! Nicht!«, wollte Mike rufen. Doch sobald er auch nur den Mund öffnete, um einen Laut von sich zu geben, presste ihm Davi, der immer noch auf seinem Rücken saß, wieder das Gesicht zu Boden. Mike war froh, überhaupt noch atmen zu können.

»Das Flugzeug ist unsere Rettung! Sie suchen uns!«, hätte Mike gern gerufen. Aber selbst wenn er es gekonnt hätte, die Indigenen hätten ihn nicht verstanden.

Es dauerte keine Minute, da war das Flugzeug über sie hinweggezogen. Das Motorengeräusch wurde leiser.

Eine kurze Zeitlang hoffte Mike noch, es würde zurückkehren. Er wusste, dass es hier im Dorf ohnehin nicht landen konnte. Aber vielleicht hatte ihr Winken und Rufen trotzdem etwas genützt? Vielleicht waren sie gesehen worden, und der Pilot des Flugzeuges kehrte zurück, um die genaue Position zu bestimmen und später einen Hubschrauber zu schicken?

Doch schon bald schwand Mikes Zuversicht. Die Indianer betrachteten ein Flugzeug als Feind. Das war unübersehbar gewesen. So, wie sie sich verhalten hatten, war es nicht das erste Mal, dass sie ein Flugzeug gesehen hatten, vermutete Mike. Sonst wären sie wohl noch verschreckter und aufgebrachter gewesen. Stattdessen hatten sie eher Entschlossenheit und Kampfbereitschaft demonstriert. Auch hatten sie nur ihn, Gabriel und Matti ins Versteck gezerrt. Sie selbst hatten sich offen und angriffslustig gezeigt, statt sich zu verkriechen. Sie hatten also keine Angst vor etwas Unbekanntem gehabt, sondern stellten sich mutig einem Gegner entgegen, den sie möglicherweise vorher schon einmal gesehen hatten. Bedeutete dies, dass hier öfter ein Flugzeug vorbeikam?

Und wussten die Indianer nicht, dass seine Schwester, er, Gabriel und Matti zu jenen gehörten, die das Flugzeug flogen? Warum wurden sie von den Indigenen versteckt? Wollten sie ihnen etwa doch nicht helfen? Waren sie Gefangene der Indianer?

Mike brannte darauf, diese Fragen mit Gabriel und Matti zu besprechen. Noch immer aber lag er bäuchlings auf dem Boden. Davi hockte noch auf seinem Rücken, hielt ihn fest und drückte ihm weiterhin das Gesicht in den Sand. Erst jetzt, nachdem sie einige Minuten lang nichts mehr von dem Flugzeug gehört hatten, lockerte Davi etwas den Griff, ließ Mike den Kopf heben, der erst einmal den Sand ausspuckte.

»Seid ihr okay?«, hörte er Matti fragen.

»Ja«, antwortete Gabriel.

»Geht so«, schränkte Mike etwas ein. »Warum halten sie uns fest?«

»Später!«, entschied Matti.

Die Indigenen ließen die drei Jungs jetzt langsam aufstehen. Die Krieger senkten ihre Blasrohre wieder ab. Und Mike, Gabriel und Matti bekamen ihre Blasrohre, die sie einfach fallen gelassen hatten, wieder zurück. Bedroht oder bewacht wurden sie also nicht.

Merkwürdig!, dachte Mike. Wie Gefangene wurden sie nicht behandelt. Aber sich vom Flugzeug retten und hier herausbringen lassen durften sie auch nicht? Weshalb nicht?

Davi hatte sein Lächeln verloren. Dennoch blickte er Mike mit freundlichen Augen an und begann, mit seinem Blasrohr etwas in den Sand zu zeichnen: ein Flugzeug, zwei Männer, die aus dem Flugzeug kamen. Sie trugen Hüte. Demnach offenbar weiße Männer, obwohl Davi sie nur als Strichmännchen zeichnete.

»Keine schlechte Idee, unsere unterschiedlichen

Sprachen mit Zeichnungen zu überwinden«, kommentierte Matti. »Auf die Idee hätten wir auch mal kommen können.«

Jetzt malte Davi den Strichmännchen etwas in die Hände: zwei Striche. Stöcke? Blasrohre? An den Enden etwas Sternenförmiges. Explosionen? Feuer?

»Gewehre!«, erkannte Gabriel.

Davi malte weitere Strichmännchen. Ohne Hüte. Offenbar Leute aus diesem Dorf. Zwei von ihnen kippten um.

»Weiße Männer aus dem Flugzeug haben ein paar Indianer erschossen!«, übersetzte Matti. Seine Miene versteinerte sich.

»Krass!«, sagte Gabriel.

Und auch Mike ahnte, was das bedeutete: Wenn das die Erfahrung des kleinen Stammes mit den Weißen war, dann würden sie von ihnen bestimmt nicht nach Hause geführt werden. Die Indigenen lehnten offenbar jeglichen Kontakt mit den Weißen ab, um sich selbst zu schützen.

»Aber wieso haben sie dann uns geholfen?«, fragte Gabriel.

Für Matti gab es nur eine Antwort: »Weil sie erkannt haben, dass wir Kinder sind. Sie machen uns nicht verantwortlich für das, was ihnen angetan wurde.«

»Zum Glück!«, ergänzte Gabriel und atmete tief durch.

Matti nickte ihm mit ernster Miene zu. »Ja, allerdings.«

Doch für Mike war die Sache noch nicht klar. »Und wieso helfen sie uns dann nicht, zurückzukehren?«

»Sie helfen uns, weil sie sehen, dass wir Hilfe brauchen«, versuchte Matti es zu erklären. »Aber gleichzeitig wollen sie vermeiden, dass wir weitere Weiße hierherlocken.«

Okay, das konnte Mike verstehen. Aber: »Was heißt das für uns?«

»Hierzubleiben oder irgendwann allein weiterzuziehen!«, antwortete Matti nüchtern.

»Weiterziehen?«, wiederholte Mike entsetzt. »Wir haben so gut wie alles verloren. Wie sollen wir ohne jegliche Ausrüstung weiterziehen?«

Auch darauf hatte Matti eine Antwort. »Sieh dir dieses Dorf an«, sagte er, wobei er vermied, auf die Indianer um sie herum zu zeigen. »Sie überleben einfach nur mit dem, was der Wald ihnen bietet.«

Mike nickte. Das sah er. Und das hatte er auch schon vorher gewusst.

»Aber wir können das nicht«, wandte er ein.

»Dann müssen wir es von ihnen lernen, bevor wir weiterziehen!« Matti umfasste sein Blasrohr mit entschlossenem Griff. »Als Erstes lernen wir zu jagen!«

Auf der Jagd

Zu siebt begannen sie den Wald zu durchstreifen, der rund um die kleine Lichtung mit den Hütten so dicht bewachsen war, dass Mike sich schon nach wenigen Schritten hoffnungslos verlaufen und nicht mehr zurückgefunden hätte. Deshalb nahm er sich vor, nah hinter den beiden Jungs zu bleiben, die die kleine Kolonne über schmale Pfade durch das grüne Dickicht lotsten. Mike, Gabriel und Matti gingen hintereinander in der Mitte der Kette. Das Ende bildeten zwei weitere indigene Jungs. Da sich keiner der älteren, erfahrenen Jäger der Gruppe angeschlossen hatte, vermutete Mike, dass es sich um eine Art Training handelte, das extra für ihn, Gabriel und Matti durchgeführt wurde. Wäre es darum gegangen, genug Essen für das Dorf zu jagen, wären wohl einige der Älteren mitgekommen.

Mike erinnerte sich, wie viel Angst er gehabt hatte, als ihnen nach dem Flugzeugabsturz bewusst geworden war, dass sie sich allein durch den unendlichen Dschungel schlagen mussten, um eine Überlebenschance zu haben. Jedes Geräusch hatte ihn in den ersten Nächten hochschrecken lassen. Hinter jedem Busch hatte er ein wildes Tier vermutet, von jeder Pflanze befürchtet, sie wäre giftig, er wäre am liebsten vor jedem Insekt davongelaufen. Seine Arme und Beine waren zerstochen und zerbissen gewesen. Doch dann hatten er und die anderen gelernt; Stunde für Stunde, Tag für Tag, Nacht für Nacht. Sie hatten Schlangen getötet, waren einem Jaguar begegnet; hatten gelernt, Schlafstätten zu bauen, Wasser zu sammeln und abzukochen; Termiten zu angeln, Insekten und andere Tiere zu essen, Pflanzen bekömmlich zu machen. Sie waren von Gangstern gefangen genommen worden, und ihnen war die Flucht gelungen.

Und jetzt ging er, ausgestattet mit einem Blasrohr und Giftpfeilen, mit einem Indianerstamm auf Jagd. Von der ursprünglichen Unsicherheit, durch den dichten Regenwald zu gehen, war nicht mehr viel übrig geblieben. Mike war selbstsicherer geworden, konnte viele Geräusche des Waldes einordnen, hatte nicht mehr vor allem und jedem Angst, sah bevorstehenden Herausforderungen mit größerer Zuversicht entgegen. Und jetzt hatten sie sogar schon einmal ein Flugzeug gesehen. Das bedeutete, sie waren nicht unerreichbar fern von der Zivilisation, nicht hoffnungslos verloren. Sie hatten eine reelle Chance, zu überleben.

Und doch betrachtete er ihren Aufenthalt bei diesem Indianerstamm mit gemischten Gefühlen. Sie wussten nicht genau, was dieses kleine Volk mit ihnen vorhatte. Sie kannten die Rituale des Stammes nicht, deren Ängste, deren Feinde, deren Probleme. Jederzeit konnte etwas Überraschendes passieren, das ihre vermeintliche Geborgenheit von einer Sekunde auf die andere in höchste Gefahr umschlagen lassen konnte.

Davi, der den kleinen Trupp anführte, blieb stehen, wandte sich um und zeigte hinauf in die Baumkronen. Ein kurzer Blick genügte den anderen indigenen Jungs. Sofort luden sie ihre Blasrohre und hielten sie schussbereit in die Höhe.

Mike schaute ebenfalls hinauf in die Kronen und sah – nichts außer dichtem Laub. Nicht mal ein Stückchen Himmel konnte er von seiner Position aus erblicken, geschweige denn irgendein Tier. Doch gerade als er sich fragte, weshalb sie hier stehen geblieben waren, pustete der Junge, der ganz hinten gegangen war, in sein Rohr.

Mike hörte den Aufschrei eines Affen. Ein kurzes Rascheln. Dann den Aufprall. Andere Affen ergriffen kreischend die Flucht. Mike hörte sie eher, als dass er welche sah. Nur einzelne Schatten, die oben durch die dichtbelaubten Bäume huschten.

Davi sprang durch das Dickicht am Boden ein paar Meter weiter, bückte sich und kam mit einem toten Affen, den er am Schwanz hielt, zurück. Er lachte. Und Mike wusste: Sie hatten eine gute Beute gemacht.

Gabriel aber stöhnte leise: »O nein, den sollen wir gleich essen?«

»Freu dich, dass wir überhaupt etwas zu essen bekommen«, wies Matti ihn zurecht. Auch er sprach betont leise. Offenbar dachte Matti das Gleiche wie Mike: dass die Jagd noch lange nicht zu Ende war. Und auch, wenn soeben einige Äffchen kreischend geflüchtet waren, so schien es wohl doch in der Nähe noch genügend Beutetiere zu geben.

»Da!« Matti zeigte hinauf in die Bäume. »Ein Faultier. Seht ihr es?«

»Nein!«, wollte Mike gerade antworten, da entdeckte er es. Es hatte sich keine fünf Meter schräg über ihnen an einen Baumstamm geklammert.

Matti brachte sein Blasrohr in Position, was nicht so leichtfiel, wie Mike zuvor gedacht hatte. Er zitterte und hatte Schwierigkeiten, das fast senkrecht in die Höhe stehende Blasrohr ruhig zu halten. Schließlich aber glaubte er, sein Ziel im Visier zu haben. Er blies die Backen auf, pustete mit aller Kraft und – es passierte nichts.

»Hast du schon geschossen?«, fragte Mike.

»Ja!«, versicherte Matti.

Davi und die anderen indigenen Jungs lachten.

Das Faultier bequemte sich, einen halben Meter höher zu klettern.

»Ich hab den Pfeil gar nicht gesehen«, sagte Mike. »Getroffen hast du jedenfalls nicht.«

»Ich glaube …«, erklärte Matti etwas kleinlaut, »… der Pfeil ist gar nicht herausgekommen. Er steckt noch im Rohr.«

Matti hielt sich das Blasrohr vors Auge und schielte hindurch wie durch ein Fernrohr. »Ja«, wiederholte er seine Vermutung, »Der Pfeil steckt noch drinnen. Wie kann das sein?«

»Keine Ahnung. Ich probiere es jetzt auch mal«, sagte Mike. Und auch Gabriel unternahm seinen ersten Versuch.

Beide visierten mit ihren Waffen das Faultier an. Aber das schien zu wissen, dass von den Stadtjungs keine Gefahr ausging. Es rührte sich nicht oder kaum merklich. Von panischer Flucht wie bei den Äffchen jedenfalls keine Spur. Und die hatte das Faultier auch nicht nötig. Denn weder bei Gabriel noch bei Mike schaffte der Pfeil es aus dem Rohr heraus.

Die beiden Jungs betrachteten ebenso ungläubig ihre Blasrohre, wie Matti es zuvor getan hatte. Der allerdings hatte schon eine Erklärung parat: »Zu wenig Druck. Das Rohr ist zu lang.«

Mike hatte all seine Ausrüstung in der Hütte gelas-

BLASROHR

Ein traditionelles **Blasrohr** ist bis zu drei Meter lang. Es wird aus Holz oder Bambus gefertigt und ist eine tödliche Waffe. Aus ihm werden Geschosse wie (meist vergiftete) Pfeile oder Tonkugeln gepustet.

Es gibt zwei grundlegend verschiedene Arten der Herstellung: Entweder man verwendet ein bereits hohles Rohr, wie z. B. Bambus, oder man fügt zwei halbrunde Leisten zu einem Rohr zusammen.

Die Funktionsweise ist sehr einfach. Theoretisch! Man legt in das Ende des Rohres, das man an den Mund führt, den Pfeil ein, setzt das Ende an den Mund und pustet fest in das Rohr. In der Praxis bedarf es aber einiger Übung, um den nötigen Druck aufzubauen. Dazu gibt es verschiedene Möglichkeiten: Der **Lippenbläser** verschließt das Rohr mit seinen Lippen und öffnet diese dann beim Hineinblasen.

Der **Zungenbläser** verschließt das Rohr entsprechend mit der Zunge.

Anders als z. B. beim Gewehr oder Bogen zielt man mit beiden geöffneten Augen. Das heißt, man sieht beim Anvisieren das Blasrohr doppelt. Das Ziel sollte sich dann genau zwischen beiden »scheinbaren« Rohren befinden.

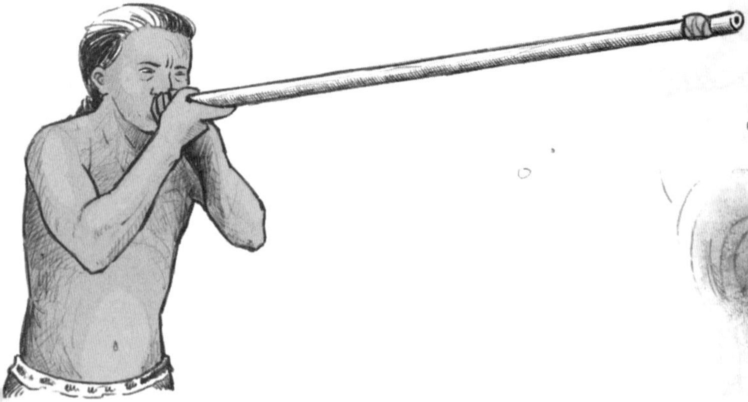

sen, in der er aufgewacht war. Nur sein Survival-Buch trug er zum Glück bei sich. Schnell las er nach, wie ein Blasrohr richtig benutzt wurde.

Mike musste die nähere Erläuterung, wie die Lippen oder die Zunge an das Blasrohr zu legen waren, zweimal lesen, um die Beschreibung halbwegs zu verstehen. Matti hatte es sich währenddessen lieber von Davi noch mal zeigen lassen. Er unternahm einen zweiten Versuch. Dieses Mal kam der Pfeil zwar am anderen Ende heraus, aber er ploppte lasch aus der Öffnung heraus und fiel zu Boden, statt herauszuschießen. Wieder lachten die indigenen Jungs herzerfrischend und hielten sich die Bäuche.

»Na toll!«, meckerte Gabriel. »Wenn die so laut lachen, hauen sowieso alle Tiere ab.«

»Macht doch nichts. Wir würden ja ohnehin keines treffen«, bekannte Matti selbstkritisch.

Doch Mike hatte es noch nicht probiert. Er steckte einen Pfeil ins Rohr, presste es sich an den Mund und bemühte sich, so gut es ging, mit den Lippen die Öffnung zu verschließen, so wie er es gerade gelesen hatte. Dann öffnete er die Lippen und spuckte, als wollte er ein altes Kaugummi loswerden, in das Rohr hinein. Der Pfeil schoss vorn heraus, knallte gegen einen Baumstamm und blieb darin stecken.

Gabriel und Matti klatschten jubelnd Beifall. Die indigenen Jungs machten es ihnen nach. Mike wusste nicht, ob sie ihm dadurch ebenfalls Anerkennung zollten oder einfach nur das Händeklatschen lustig fanden und Matti und Gabriel nachahmten.

»Klasse!«, lobte Gabriel noch mal.

»Na ja«, schränkte Mike ein. »Den Baum wollte ich eigentlich nicht treffen.«

Trotzdem unternahm er einen zweiten Versuch. Diesmal suchte er sich sogar ein Ziel. An einem der Bäume entdeckte er eine große dunkelbraune Frucht. Mike hatte keine Ahnung, was das war, aber er visierte sie an, indem er beide Augen offen ließ, wodurch das Blasrohr in seinem Blickfeld doppelt erschien. Er richtete es so aus, dass die Frucht in der Mitte zu sehen war. Dann atmete er tief ein, presste die Lippen ans Rohr und wollte gerade … Doch da tippte ihn Davi leicht auf die Schulter und zeigte wieder auf das Faultier in der Baumkrone.

Davi hatte recht: Faultiere waren als Ziele erheblich besser geeignet als kleine Äffchen, weil sie sich gar nicht oder nur wie in Zeitlupe bewegten. Und auch besser als Früchte, weil die Faultiere größer waren.

Mike hatte es jetzt genau im Blick, holte wieder Luft, presste die Lippen ans Rohr und schoss den Pfeil ab. Es war nichts zu hören oder zu sehen, außer, dass das Faultier mit einem Mal lautlos vom Baum fiel wie eine zu reife Frucht.

Davi und die anderen indigenen Jungs jubelten.

Matti und Gabriel staunten. Und Mike gaffte fassungslos sein Blasrohr an.

»Ich habe ein Faultier erlegt«, hauchte er voller Ehrfurcht. »Mit einem Pusterohr. Ich fasse es nicht!«

»Ein Meisterschuss!«, fachsimpelte Gabriel, obwohl er selbst keine Ahnung von der Jagd hatte.

Davi holte das erlegte Tier heran und reichte es Mike, der es als stolzer Jäger nach Hause tragen sollte. Mike zögerte. Zwar spürte er wirklich so etwas wie Stolz in sich, dass er die Beute mit einem einzigen Schuss erlegt hatte. Aber jetzt, da Davi ihm das tote Tier direkt vor die Nase hielt, hatte er plötzlich ein äußerst mulmiges Gefühl in der Magengegend.

Davi wiederholte seine Geste, dass Mike das Tier entgegennehmen sollte.

»Öh«, sagte Mike nur. Unbeholfen nahm er das tote Faultier in seine Hände. Er dachte daran, wie er Gabriel und Matti das erste Mal begegnet war. Gabriel hatte ein süßes Faultier im Arm gehalten. Elly war so entzückt gewesen, dass sie sofort auf ihn zugelaufen war und das Faultier gestreichelt und in den Arm genommen hatte.

Was würde Elly sagen, wenn sie ihn jetzt so sah: mit einem toten, selbsterlegten Tier in seinen Händen?

Mike wagte einen Seitenblick zu Gabriel, der wahrscheinlich ebenfalls gerade an sein Faultier zu Hause und vielleicht dadurch auch an seine Eltern und ihr

Haus dachte. Jedenfalls schaute Gabriel sehr traurig drein. Obwohl er kaum eine Minute zuvor Mikes Meisterschuss noch fröhlich bejubelt hatte.

»Irgendwie tut er mir leid!«, bekannte Mike mit Blick auf seine Beute.

Gabriel nickte. Er verstand Mike gut.

Und Davi und seine Jungs? Hatten die kein Mitgefühl mit ihren erlegten Tieren?

Mike wusste es nicht. Auch sie hatten ihm zwar Beifall bekundet. Aber mehr machten sie jetzt auch nicht. Klar, die Indianer machten nicht wie weiße Großwildjäger Selfies von sich und den Beutetieren nach der Jagd. Wie auch? Sie besaßen keine Technik. Aber auch sonst konnte Mike keine Geste der Prahlerei oder des Hochmuts an ihnen erkennen. Sie freuten sich über ihre Ausbeute, und damit war es gut. Sie jagten nicht als Sport oder Freizeitvergnügen, sondern weil sie Hunger hatten. Und zwar genau so viel, wie sie zum Essen brauchten. Kein Tier zu viel. Und genau das vermittelten sie auch. Ganz sachlich, etwa so, wie man sich in Europa am Ende seines Einkaufs an die Kasse stellte, marschierte die kleine Kolonne ruhig, aber zielgerichtet weiter in den Wald hinein, der gewissermaßen ihren Supermarkt darstellte. Nachdem sie – wenn man so wollte – in der Fleischabteilung mit einem Affen und einem Faultier genug erbeutet hatten, suchten Davi und seine Freunde jetzt in dichten

Büschen nach Beeren, Nüssen und Früchten. Sie hatten die Obst- und Gemüseabteilung des Regenwalds erreicht.

Gabriel und Matti hatten keine Gelegenheit mehr bekommen, das Schießen mit den Blasrohren zu üben. Entweder, weil sie genug Fleisch beisammen hatten und keine weiteren Tiere zu töten brauchten, oder sie wollten einfach nicht noch mehr Pfeile für die Fehlschüsse der beiden Stadtjungs verschwenden. Denn jeder einzelne Pfeil war mühselig aus Pflanzendornen und speziell dafür ausgesuchten Ästen in Handarbeit gefertigt worden, ebenso wie die dazugehörige Giftsubstanz. Da war es ratsam, dass möglichst jeder Schuss traf und man keine »Munition« sinnlos verschwendete.

Auch Mike wollte sich an dem Sammeln von Beeren und Früchten beteiligen, aber er trug nun das Faultier auf dem Rücken, das ihm immer lästiger wurde und mit jedem Schritt schwerer erschien. Er hätte aber auch nicht gewusst, wohin damit. Einfach auf den mit Insekten und Käfern übersäten Boden wollte er das tote Tier nicht legen. Davis Freund trug seinen erlegten Affen ebenso über der Schulter wie Mike sein Faultier auf dem Rücken.

Mike seufzte. Okay, dann musste er eben mit diesem Ballast auf dem Buckel nach Beeren suchen. Bereits beim ersten Strauch stutzte er. Diese Frucht hatte er schon mal gesehen. Zusammen mit Elly, an der Absturzstelle ihres Flugzeugs. Sie hatten sich nicht getraut, davon zu probieren – aus purer Angst, sie könnten hochgiftig sein. Mike wusste auch nicht, ob die Beeren zum Essen gedacht waren oder die Indigenen daraus ihre nächsten Giftpfeile basteln würden. Doch dann steckte sich Davi ein paar der Beeren in den Mund. Und damit wusste auch Mike: essbar!

Anschließend beobachtete er, wie ein Junge mit einem primitiven Werkzeug, das entfernt an ein steinzeitliches Beil erinnerte, eine Pflanze ausgrub, die Wurzel abschlug, säuberte, und genüsslich anfing, darauf herumzukauen.

Ohne ein Wort darüber zu verlieren oder zu fragen, machte Mike es ihm nach. Dazu musste er sich das altertümliche Werkzeug ausleihen, mit dem man zu Mikes großer Überraschung wirkungsvoll schlagen konnte. Er kratzte den Sand von der Wurzel, biss vorsichtig hinein – und war baff.

»Total süß!«, stellte er fest. »Und …« Er kaute weiter darauf herum, um herauszubekommen, woran ihn der Geschmack erinnerte. Das war doch …? Natürlich! »… es schmeckt nach Lakritze. Was ist das?«

Matti besah sich die Pflanze genauer. Schließlich lautete sein Urteil: »Süßholz!«

»Was?« Mike hatte noch nie davon gehört. Oder?

SÜSSHOLZ

Süßholz ist eine Staude, die bis zu 2 Meter hoch werden kann. Sie hat eine gelbe, holzige Wurzel. Am aufrechten Stängel sitzen gefiederte Blätter, die aus ovalen bis herzförmigen Fiederblättchen bestehen und mit klebrigen Drüsenhaaren besetzt sind. Die Pflanze bringt viele blauviolette Blüten hervor.

Süßholz kommt vor allem in Zentralasien, am Mittelmeer und am Oberrhein vor. Ihre Wurzel ist medizinisch sehr vielseitig verwendbar, weil sie Anteile besitzt, die gegen Entzündungen und unter anderem gegen Husten und Magengeschwüre helfen.

Deshalb wurde Süßholz im Jahre 2012 auch zur »Arzneipflanze des Jahres« gekürt. Die Pflanze hilft auch bei einigen chronischen Krankheiten wie Arterienverkalkung, schützt gegen manche Viren (antiviraler Effekt), hilft möglicherweise sogar gegen Stress-Symptome und hat damit positive Auswirkungen auf den Stoffwechsel.

Halt, stopp. Doch, da hatte etwas in seinem Buch gestanden.

»Äh«, sagte Mike, nachdem er die Beschreibung gelesen hatte. »Süßholz gibt's hier gar nicht. Nur in Zentralasien, am Mittelmeer und am Oberrhein.«

»Na dann!«, lachte Matti. »Erklär doch mal den Indianern, dass sie etwas essen, was es bei ihnen gar nicht gibt.«

Sie sammelten weitere Nüsse, Beeren und Früchte wie die Açai-Beere und die Früchte der Pfirsichpalme. Und dann gerieten sie an eine Delikatesse, die Mike niemals mitten im Regenwald vermutet hätte: Honig!

Mit einem quietschenden Laut, den Mike für eine Art Freudenschrei hielt, zeigte Davi auf einen dicken, alten Baum und rannte auf ihn zu.

Mike konnte nicht erkennen, was die Freude ausgelöst haben könnte, aber er sah, dass um ein Loch im Baum erstaunlich viele Bienen herumschwirrten.

Die sollte man lieber nicht provozieren, dachte er und rief: »Vorsicht! Bienen!«

Natürlich verstand Davi ihn nicht.

So warnte Gabriel ihn auf Portugiesisch: »Cuidado! Abelhas!«

Davi ließ sich nicht ablenken. Er griff nach einem Stock, bohrte in das Baumloch hinein, drehte ihn ein wenig, zog ihn wieder heraus und leckte daran.

»Mmmh!«, machte er grinsend und hielt Gabriel den Stock entgegen.

»Abelhas!«, wiederholte Mike seine Warnung, diesmal auch auf Portugiesisch.

Davi schien zu verstehen. Er lächelte seine Gäste an, stopfte den Stock ein zweites Mal in den Baum und hielt ihnen erneut den Stock entgegen, von dem goldgelber Honig tropfte.

»Abelhas!«, sagte er mit einer Mischung aus Stolz und Freundlichkeit.

Mike wusste nicht so recht, was er davon halten sollte. Sich ohne jeglichen Schutz an ein Bienennest zu trauen, um ihnen den Honig zu stehlen! War das einfach nur diebische Dreistigkeit oder waren die Bewohner hier vollkommen plemplem, dass sie die Gefahren von Bienen nicht kannten? Davi aber lachte nur, leckte den Stock ab, holte eine weitere Portion aus dem Baum und hielt sie den anderen hin. Um seinen Kopf schwirrte ein Bienenschwarm, wie ihn Mike nie zuvor gesehen hatte.

»Die stechen ihn zu Tode!«, befürchtete er.

Doch nichts dergleichen geschah. Auch die anderen Indios stachen mit Stöcken in das Bienennest und angelten sich leckeren Honig heraus.

»Wie kann das sein?«, wunderte sich Mike. »Wieso werden die nicht gestochen?«

Matti und Gabriel trauten sich näher an die indigenen Jungs heran. Mike blieb auf sicherem Abstand.

»Soweit ich weiß«, fiel Matti ein, »haben die Bienen hier im Amazonas-Gebiet keine Stachel!«

»Was?«, staunte Mike. »Wieso das denn nicht?«

Matti zog die Schultern hoch. »Weiß ich auch nicht. Aber ich habe mal irgendwo gehört, dass das Amazonas-Gebiet mehr genutzt werden soll für den weltweiten Honig-Export. Der Honig von hier ist wohl besonders lecker. Tja, und es ist ungefährlich, ihn zu ernten.«

»Irre!«, stieß Mike aus. Er dachte an seine Schwester, die Süßigkeiten über alles liebte, aber nun leider krank im Dorf lag. »Wenn Elly das sehen würde!«

»Wir können ihr doch etwas mitbringen«, schlug Gabriel vor. »Der Honig hier soll doch sogar sehr gesund sein, oder nicht?«

»Süßholz, Honig … lauter gesunde Sachen. Der Regenwald ist die reinste Apotheke«, sagte Mike.

Matti nickte ihm zu. »Ja, und zum Glück kennt der Schamane sich offenbar mit all den Pflanzen sehr gut aus. Bestimmt macht er Elly bald wieder gesund. Gute Idee, Gabriel. Wir bringen Elly etwas Honig mit. Da wird sie sich sicher freuen.«

Mike schaute sich um. »Aber wie denn?« Mike kannte bisher nur Honig in Gläsern aus dem Supermarkt.

Doch dieser hier, direkt aus der Höhle der Bienen, war viel dicker, eher breiig, teilweise sogar stückig. Er ließ sich leicht in große Blätter einwickeln. Matti und Gabriel halfen Mike, für Elly ein ordentliches Päckchen zu packen, bevor sie selbst von dem Honig probierten.

»Hmmmm!«, schwärmte Gabriel. »Köstlich!«

Matti und Mike kicherten. *Köstlich*, das war eher ein Wort, das sie aus der Fernsehwerbung kannten. Weiter vom Fernsehen entfernt als hier konnte man gar nicht sein, mitten im dichten Regenwald, gemeinsam mit einer Gruppe indigener Jungs, die vermutlich noch nie oder höchstens ein- bis zweimal in ihrem Leben Menschen aus der Zivilisation getroffen hatten.

»Nehmen Sie den Honig von zwanzig Bienen, und Sie bekommen den von weiteren zehn Bienen gratis hinzu!«, witzelte Gabriel und kicherte über seinen eigenen Witz.

Davi und seine Freunde verstanden natürlich überhaupt nicht, worüber Gabriel so lachen musste. Aber das störte sie nicht. Lachen fanden sie gut. Und so lachten sie einfach herzlich mit. Was wiederum Matti und Mike so lustig fanden, dass auch sie lauthals zu kichern begannen. Und so schaukelten sie sich gegenseitig hoch, bis das Lachen immer lauter durch den Dschungel drang. So laut und so weit, dass sich ein paar Brüllaffen offenbar gestört fühlten und mit ihrem ohrenbetäubenden Gebrüll dem Lachen ein Ende bereiteten.

Gefahr!

Davi schreckte auf. Er rief etwas, das Mike nicht verstand. Abrupt verstummten seine Gefährten. Mike, Gabriel und Matti hielten ebenfalls inne, obwohl sie nicht die geringste Ahnung hatten, was geschehen war.

Davi ging in die Hocke und lauschte angespannt. Offenbar hatte er etwas gehört.

Mike horchte ebenfalls angestrengt, doch er hörte nichts. Nicht einmal Gabriel schien etwas bemerkt zu haben, obwohl er bisher immer als Erster fremdartige Geräusche wahrgenommen hatte. Davi gab ein Zeichen, und Mike wurde Zeuge eines kurzen, aber faszinierenden Schauspiels: Direkt vor seinen Augen verschwanden Davi und seine Freunde! Wie weggezaubert und vom Erdboden verschluckt. Eben noch hatten sie direkt vor ihm gestanden. Und dann waren sie weg. Einfach nicht mehr zu sehen.

Mike schaute sich ungläubig um. »Nicht zu fassen!«

»Sie sind offenbar Meister der Tarnung«, sagte Matti. Auch er konnte keinen einzigen der indigenen Jungs noch ausfindig machen.

Als Gabriel fragen wollte, was passiert war und was sie jetzt tun sollten, bewegten sich ein paar Äste, und in der nächsten Sekunde stand Davi wieder vor ihnen. Fast genau so überraschend, wie ein Magier auf der Bühne ein Kaninchen aus dem Hut zaubert. Davi packte Gabriel und zog ihn mit sich ins grüne Dickicht. Das Eigenartige daran: Seinen Freund Gabriel konnte Mike noch sehen, Davi nicht mehr, obwohl Mike fest davon ausging, dass die beiden direkt nebeneinanderstanden.

Mike ging auf Gabriel zu. Dazu musste er einige Zweige und Äste eines dichten Gebüschs auseinanderbiegen, dann machte er einen großen Schritt ins Gestrüpp hinein – und stand plötzlich genau zwischen Gabriel und Davi.

Es war gespenstisch.

Davi bedeutete ihnen mit Handzeichen, dass sie beide – Gabriel und Mike – sich auf den Boden legen sollten. Offenbar hatte Davi bemerkt, dass die Stadtjungs völlig unfähig waren, sich im Wald unsichtbar zu machen. Deshalb sollten sie sich so flach wie möglich auf den Bauch legen. Auch Matti war inzwischen von seinem Standort verschwunden. Mike hatte begriffen: Sie versteckten sich. Aber vor was? Oder wem? Kam etwa jetzt doch das Flugzeug zurück, wie sie gehofft hatten? Dann müssten sie sofort raus aus diesem Versteck. Auf keinen Fall durften sie sich von den Indianern ein zweites Mal daran hindern lassen, auf sich aufmerksam zu machen und sich retten zu lassen!

Doch Mike konnte nicht das leiseste Motorengeräusch wahrnehmen.

Schade!, dachte er. Wäre zu schön gewesen.

Sie sollten die Bewohner des Dorfes wohl besser irgendwie darauf vorbereiten, dass die Weißen in ihren Flugzeugen keine Feinde darstellten und keine Gefahr, sondern dass sie nach ihnen, den vier vermissten Kindern, suchten und dieses Flugzeug ihre Rettung darstellte. Mike hatte zwar noch keine Idee, wie sie das den Indianern ohne jegliche Sprachkenntnisse beibringen sollten. Aber irgendwie musste es ihnen gelingen. Vielleicht durch Zeichnungen im Sand? Es war lebenswichtig. Das wurde Mike in diesem Augenblick bewusst, da er im Dickicht auf dem Boden kauerte und sich möglicherweise vor seinen Rettern versteckte. Absurd! Mike nahm sich vor, gleich mit Gabriel und Matti seine Idee zu besprechen. Doch zuvor musste er erst mal herausbekommen, was Davi da gehört hatte, wovor sie sich hier versteckten. Vor einem Raubtier? Einem Jaguar vielleicht?

Mike glaubte nicht daran. So viel Erfahrung hatte er im Dschungel bereits gesammelt. Er wusste, vor einem

Jaguar konnte man sich nicht verstecken wie vor Menschen. Unsichtbar oder nicht, das Tier würde sie wittern. Wovor aber sonst?

Und dann sah er es: Aus dem grünen Dickicht gegenüber taumelte ein Mensch, direkt zu der Stelle, an der Mike eben noch mit den anderen gestanden und gelacht hatte. Es war auch ein Indianer, ein erwachsener Mann. Sein gesamter nackter Körper war mit roter Farbe bemalt, die aber nicht übertünchen konnte, dass er stark blutete. Mike konnte nicht genau erkennen, wo er sich verwundet hatte. Er vermutete, am Arm. In den Haaren steckten ein paar Federn, um den Hals hatte er eine Kette gebunden, die Mike bei den Männern in ihrem Dorf nicht gesehen hatte. Aber das musste nichts bedeuten. Dennoch kam sie ihm irgendwie fremd vor: eine Kette aus Knochen. Um die Taille hatte der Mann eine Art dünnen Gürtel gebunden, oder war es nur ein Seil? Einen Bogen hielt er in der Hand, aber er schien keine Pfeile mehr zu besitzen. Jedenfalls trug er keine bei sich, und einen Köcher konnte Mike auch nicht entdecken.

Davi blieb still stehen. Wirklich still. Nichts an ihm bewegte sich. Und hätte Mike es nicht besser gewusst, hätte er vermutet, Davi hatte sogar das Atmen eingestellt. Mike wagte es ebenfalls nicht, sich zu rühren. Ihm fiel es aber deutlich schwerer, sich nicht zu bewegen. Sogar seinen Atem schien man seiner Meinung nach meilenweit zu spüren. Doch bisher schien der Fremde weder Mike noch einen der anderen entdeckt zu haben. Der Fremde sank auf die Knie, atmete schwer, hielt sich die Wunde, die er sich nicht – wie Mike jetzt erkannte – am Arm zugezogen hatte, sondern an der linken Schulter.

Der Indianer kroch zu den Süßholzwurzeln, die Davi und seine Freunde sich eben noch hatten schmecken lassen. Aber er griff zu einer anderen Pflanze daneben, riss von ihr ein paar Blätter ab und legte sie sich auf die Wunde. Dann stutzte er. Die Spuren von den ausgegrabenen Wurzeln waren nicht zu übersehen – zumindest nicht für jemanden, der sich im Wald auskannte. Der Fremde wusste nun, dass kurz vor ihm Menschen hier gewesen waren. Ängstlich und unsicher schaute er sich um, horchte, roch, schaute wieder.

Warum geht Davi oder einer der anderen nicht zu ihm, um ihm zu helfen?, fragte sich Mike. Ihnen hatten die Indios doch auch geholfen. Der Fremde war verwundet, er blutete stark und schien schon sehr geschwächt zu sein. Doch Mike hütete sich, den Indianern die Entscheidung abzunehmen. Er blieb mucksmäuschenstill, so wie Davi es von ihm gefordert hatte. Auch Gabriel und Matti gaben keinen Laut von sich. Gabriel lag neben ihm, Matti konnte er nicht sehen. Was der sich wohl gerade dachte?

Jetzt endlich zeigte Davi eine Reaktion. Langsam,

beinahe wie in Zeitlupe, dafür aber absolut geräuschlos, hob Davi sein Blasrohr an und zielte auf den Fremden. Genau so hatten sie es wohl bei ihnen, den vier Stadtkindern, auch gemacht. Betäubt, mitgenommen, in die Hütte gelegt, sie dort schlafen lassen und Elly medizinisch versorgt, soweit es ihnen möglich war.

Doch plötzlich bekam Mike Zweifel: Würden sie es bei dem Fremden wirklich genauso machen? Er war kein Kind, kein Jugendlicher, sondern ein ausgewachsener Mann, und ganz offenbar gehörte er zu einem anderen Stamm. Ob sie verfeindet waren? Vielleicht waren es Männer aus ihrem eigenen Dorf gewesen, die den Mann so zugerichtet hatten? Dann … Der Gedanke war so furchtbar, dass er ihn gar nicht zu Ende denken mochte. Aber er drang trotzdem in sein Bewusstsein. Dann war dies vielleicht gar kein Betäubungspfeil, und Davi würde den fremden Mann – töten? Mikes Hände wurden schweißnass bei dem Gedanken. Ein Schüttelfrost überzog ihn. Er hatte das Gefühl, dass ihm schlecht wurde, zumindest rumorte es plötzlich sehr in seiner Magengegend. Nein! Er wollte auf keinen Fall Zeuge werden, wenn ein Mensch getötet wurde. Unter gar keinen Umstän…

Zu spät!

Während Mike von seinem panischen Gedanken überwältigt wurde, hatte Davi geschossen und getroffen!

Mike blieb fast das Herz stehen! Mit weit aufgerissenen Augen und offenem Mund starrte er zu dem Fremden, der augenblicklich in sich zusammengesunken war und nun leblos auf dem Boden lag.

Davi verließ ruhig und kontrolliert sein Versteck. Allerdings blieb er vorsichtig und höchst konzentriert. Möglicherweise befanden sich noch mehr Männer des fremden Stammes in der Nähe? Davi schien diese Möglichkeit in Betracht zu ziehen. Zumindest blieben die anderen im Dickicht verborgen, während Davi sich langsam zu dem Fremden hinunterbeugte und seine Hand an dessen Halsschlagader legte.

Er prüft, ob er tot ist!, schoss es Mike durch den Kopf. Verdammt, also doch!

Vielleicht beschützte der Stamm ihn, die beiden anderen Jungs und Elly gar nicht, sondern würde sie irgendwann töten? Beinahe hätte Mike vor Angst aufgeschrien. Doch dann fiel ihm ein, wie sehr der Schamane sich um Elly kümmerte. Würde er das tun, um sie danach umzubringen?

Doch so ganz konnte Mike sich nicht beruhigen. Vielleicht ließen sie nur Mädchen und Frauen am Leben, weil sie sie brauchten und ausnutzten, die Männer aber töteten sie?

Mike versuchte erneut, seine düsteren Gedanken fortzuwischen. Aber hätten sie dann mit auf die Jagd gedurft, wären mit Blasrohren und Giftpfeilen ausgerüstet worden? Hätten sie dann gemeinsam gelacht? Das konnte sich Mike nicht vorstellen. Nein, der fremde Mann war bestimmt auch nur betäubt worden.

Ganz bestimmt.

Hoffentlich.

Und wenn nicht?

Davi winkte jetzt die anderen zu sich. Ohne dass Mike vorher auch nur annähernd geahnt hätte, wo sie steckten, stand die ganze Gruppe plötzlich wieder bei Davi. Mike, Gabriel und Matti hingegen mühten sich so ungeschickt auf die Füße, dass man den Eindruck gewinnen konnte, der gesamte Wald wäre in Bewegung geraten. Als sie endlich bei Davi ankamen, gab dieser das Zeichen zum Aufbruch. Mike lud sich seine Beute wieder auf den Rücken und nahm an, dass drei, vier Jungs den betäubten Mann nach Hause tragen würden. Doch Davi und seine Freunde gingen voran, ohne sich weiter um den Fremden zu kümmern. Sie ließen ihn einfach liegen!

War er doch tot?

Mike schaute sich noch einmal zu ihm um, wollte aber auch den Anschluss nicht verlieren.

»Ist er …?«, fragte er.

Doch Matti sagte beruhigend: »Nein. Das glaube ich nicht.«

»Aber weshalb lassen sie ihn dann hier liegen?« Nicht nur Mike, auch Gabriel verstand das nicht.

Nur Matti hatte eine Erklärung: »Vielleicht unseretwegen!«

Die Antwort erstaunte Mike so sehr, dass er für einen Moment stehen blieb und sofort zwei, drei Schritte Abstand zu Gabriel, seinem Vordermann, entstanden. Mike tippelte schnell wieder hinterher. »Wegen uns? Wieso das denn?«

»Vielleicht waren es Davi und seine Freunde, die uns im Wald entdeckt und ins Dorf gebracht haben«, vermutete Matti.

Okay, das war möglich, räumte Mike ein. Aber was hatte das mit dem Fremden zu tun?

»Davi und seine Freunde sind Kinder und Jugendliche. Wahrscheinlich haben sie total Ärger bekommen, weil sie uns angeschleppt haben. Damit haben sie ihr Volk in große Gefahr gebracht.«

Mike verstand immer weniger. »Wieso das denn? Wir sind doch nicht gefährlich!«

Matti widersprach: »Doch, sind wir. Viele Krankheiten aus der Zivilisation sind ihnen noch nie begegnet, deshalb haben sie keine Abwehrstoffe dagegen gebildet. Schon harmlose Grippeviren, die wir vielleicht in uns tragen, könnten für sie tödlich sein. Es hat schon indigene Völker gegeben, die durch Masern ausgestorben sind.«

»Krass!«, kommentierte Gabriel.

»Durch Masern?«, hakte Mike nach. »Wieso das

denn?« Dann fiel es ihm selbst ein. Er und Elly waren gegen Masern geimpft. Matti und Gabriel vermutlich auch. Trotzdem konnten sie die Viren in sich tragen, ohne es zu wissen und ohne dass sie ihnen etwas anhaben konnten. Die Masern zu bekommen bedeutete selbst für Menschen in der Zivilisation hohes bis gefährlich hohes Fieber. Wenn man aber überhaupt keine Abwehrkräfte besaß, konnte die Krankheit tödlich sein.

»Ich hab einen Mann gesehen, der trug Shorts!«, erinnerte sich Mike.

Matti nickte ihm zu. »Ja, ich auch. Das könnte bedeuten, dass wir nicht ihr Erstkontakt sind. Vielleicht hat dieses Volk schon länger Kontakt gehabt, so dass sie einige Abwehrkräfte gebildet haben. Vielleicht aber auch nicht.«

»Dann sollten wir schnellstens von hier verschwinden, bevor wir irgendjemand mit irgendwas anstecken, oder?«, fragte Mike.

Wieder nickte Matti. »Das wäre wohl das Beste. Aber nun sind wir schon mal hier. Wir sollten noch ein wenig von ihnen lernen und vielleicht herausbekommen, wo wir uns eigentlich befinden.«

»Du meinst, sie wissen das?«

Jetzt schüttelte Matti den Kopf. »Nein, sie haben mit Sicherheit keinen Überblick über die Landkarte des Amazonasgebiets. Aber sie werden einiges kennen, im Umkreis von einigen Tagesmärschen. Oder mehr. Und vielleicht ist etwas dabei, was uns weiterhilft. Wir müssen lernen, uns besser mit ihnen zu verständigen.«

Essen!

Mattis Vermutung schien zu stimmen. Kaum hatten sie das kleine Hüttendorf erreicht, ging Davi auf die Älteren zu und berichtete ihnen, wobei er immer wieder in den Wald zeigte. In dem Volk entstand eine große Aufregung, doch dann bildete sich schnell eine Gruppe von vier Männern, die sich mit Blasrohren und einfachen Äxten ausrüsteten und in den Wald marschierten.

Niemand kümmerte sich in diesem Augenblick um Mike, Gabriel und Matti, so dass die drei etwas unschlüssig mitten auf dem Platz herumstanden. Mike sah, wie der Junge, der den Affen erlegt hatte, seine Beute zu einer kleinen Hütte trug, vor der drei Frauen irgendeinen Teig in einer selbstgebauten Lehmschüssel kneteten. Der Junge legte den Affen vor ihren Füßen ab. Die Frauen nickten ihm zu, sagten irgendwas. Eine erhob sich, rief etwas, woraufhin zwei andere, jüngere, Frauen herankamen, den Affen an sich nahmen und hinter der Hütte verschwanden. Auch Gabriel bekam mit, was Mike beobachtete, und sagte: »Das ist offenbar die Metzgerei des Dorfes.« Er meinte es nur halb im Scherz. Es schien, als herrschte bei diesem Volk eine genaue Aufgabenteilung.

»Aber sie backen auch das Brot!«, erwiderte Mike.

»Bei unserem Metzger drei Straßen weiter bekommt man auch Brot«, erläuterte Gabriel, und Mike musste lächelnd zugeben, dass er auch bei sich zu Hause einen solchen kannte. Egal, ob Großstadt oder noch unentdecktes Minidorf mitten im Amazonasgebiet: Die Organisierung des menschlichen Zusammenlebens schien sich sehr zu ähneln. Mike ging auf die Hütte mit den brotbackenden Frauen zu, um ihnen sein Faultier zu geben. Er nahm an, nun würden wieder die zwei Frauen von eben kommen und die Beute fortbringen. Doch nichts dergleichen geschah. Stattdessen unterbrachen die Frauen ihre Arbeit an dem Teig und schauten Mike mit einer Mischung aus Neugier und Faszination an.

Bestaunten sie seine helle Haut? Fragten sie sich, wie er es geschafft hatte, ein Faultier zu erlegen? Oder machte er irgendetwas falsch? Vielleicht aß man hier gar kein Faultier? Mike wusste es nicht. Er stand nur unsicher da und traute sich nicht, das Faultier abzulegen, so wie es der Junge mit seinem Affen gemacht hatte. Stattdessen holte er es vom Rücken und hielt es in seinen Armen wie ein krankes Kind, was die Verwunderung in den Blicken der Frauen nur noch verstärkte.

Endlich wurde Mike aus seiner peinlichen Situation erlöst. Denn aus der letzten Hütte am Ende des Dorfes kam eine Frau auf ihn zugelaufen, die Mike zuvor noch nicht gesehen hatte. Sie schien aufgeregt zu sein, rief etwas, das Mike nicht verstand, und begann – ohne Mike eines weiteren Blickes zu würdigen – das Faultier zu untersuchen.

Es dauerte nur einen Moment, dann entspannten sich ihre Gesichtszüge. Sie lächelte erst Mike, dann die Frauen an und lief wieder zurück zu ihrer Hütte.

Was hatte das zu bedeuten?, fragte sich Mike.

Nun endlich wurde das Faultier von den Frauen hinter der Hütte geholt.

Mike drehte sich um und war froh, dass nun Matti und Davi bei ihm standen.

»Verstehst du das?«, fragte Mike.

Matti zeigte auf Davi: »Er hat mir eben klargemacht ...« Matti deutete auf ein paar Zeichnungen, die Davi in aller Eile mit einem Stock in den Sand gekritzelt hatte, »... dass die Frau dort wohl ab und an kleine verwaiste Tierbabys aus dem Wald holt, hier großzieht, und dann wieder im Wald aussetzt.«

»Aha!«, sagte Mike und schaute unwillkürlich hinüber zur Hütte, aus der die Frau gekommen war. Tatsächlich hockte sie nun davor und machte etwas, was Mike noch nie gesehen hatte: Die Frau stillte ein kleines Äffchen!

Mike rieb sich die Augen. Sah er das richtig?

Matti bestätigte ihm das. »Siehst du? Sie gibt ihm Muttermilch. So hat sie es auch bei einem Faultier gemacht, das sie vor einiger Zeit im Wald wieder ausgesetzt hat. Als sie dich gesehen hat, hatte sie Angst, du hättest es getötet.«

»Aber …« Mike versuchte zu verstehen, was Matti – beziehungsweise Davi – ihm erzählt hatte. »Aber sie jagen doch Affen und Faultiere und essen sie!«

»Aber nicht, wenn sie sie vorher gepflegt und ihnen vielleicht einen Namen gegeben haben. Die Frau würde ihre Schützlinge vermutlich unter Tausenden Affen und Faultieren erkennen.«

»Das kann ich verstehen!« Gabriel kam auf die drei zu. Auch er hatte zu Hause ja ein Faultier als Haustier. »Ich würde meines auch sofort erkennen. Und ich fand es schon irgendwie komisch, als du eines geschossen hast!«

Mike zuckte entschuldigend mit den Schultern. »Was sollte ich denn machen? Ich meine, wir brauchen doch etwas zu essen.«

»Schon gut!«, beschwichtigte Matti. »Alles richtig gemacht. Nur künftig fragen wir besser vorher genau, welches Tier man töten darf und welches nicht. Obwohl ich vermute, Davi und die anderen hätten das Faultier der Frau auch erkannt und etwas gesagt.«

Mike war erleichtert und wollte nun nach Elly sehen, als die vier Männer schon wieder aus dem Wald zurückkamen. Sie trugen den verletzten und bewusstlosen Mann mit sich und legten ihn vor der kleinen Hütte ab, in der Elly lag.

Mike blieb deshalb zurück.

Der Schamane war sofort zur Stelle, um sich die Verletzungen des Verwundeten anzusehen. Vermutlich aufgrund von Davis Bericht hatte er sich bereits auf die Behandlung vorbereitet. Zwei der Frauen, die vorher noch mit Ellys Pflege beschäftigt gewesen waren, brachten kleine Schälchen herbei, in denen sich zerdrückte Pflanzenextrakte befanden. Außerdem hielten sie eine Art Brett, auf dem etwas lag, was Mike nicht vermutet hätte. Ein weiterer Beweis dafür, dass dieses Volk schon einmal Kontakt zu Menschen aus der Zivilisation gehabt haben musste: ein großes scharfes Jagdmesser! Da der Fremde bereits betäubt war, behandelte der Schamane sofort die Wunde mit Hilfe des Messers.

Mike konnte nicht hinsehen und drehte sich lieber weg. Auch Gabriel hielt sich die Hände vor die Augen, während Matti genau beobachtete, was der Schamane tat. Als er es erkannte, fragte er erschüttert: »Wisst ihr, was er mit dem Messer gemacht hat?«

Mike wollte es gar nicht wissen. Es hörte sich zu schlimm an.

»Er hat dem Mann eine Kugel aus dem Arm operiert!«

Mike riss die Augen weit auf: »Eine was?«

»Eine Kugel!«, wiederholte Matti. »Die von einer Pistole oder einem Gewehr stammen muss!«

Mike und Gabriel starrten Matti an. Sie wussten, was das bedeutete. Die Indios besaßen solche Waffen nicht, sie jagten mit Blasrohren und Pfeil und Bogen. Ein Tier konnte dem Mann die Verletzungen auch nicht beigebracht haben, was Mike zuerst vermutet hatte. Der Indianer des fremden Stammes war von weißen Männern angegriffen und angeschossen worden!

Mike, Gabriel und Matti dachten sofort an die Holzfäller-Mafia, vor der sie geflohen waren!

»Ach du Schande!«, entfuhr es Mike. »Ihr meint, die suchen uns noch immer?«

Gabriel schaute sich ängstlich um, als ob jeden Moment mit einem Angriff zu rechnen wäre. Auch Matti wurde mulmig zumute, dennoch bemühte er sich, einen klaren Kopf zu bewahren.

»Wenn sie uns suchen«, setzte er an, »wieso haben sie dann den fremden Stamm angegriffen? Und wie weit ist der andere Stamm entfernt? Wieso ist der Fremde offenbar allein, und wann und wo wurde er getroffen? Wir haben doch keine Schüsse gehört!«

»All das scheinen sich die Männer auch gerade zu fragen«, antwortete Mike. Nachdem der Schamane mit seiner Operation fertig war, überließ er den Verletzten wieder den Frauen, die ihn mit Blättern und Extrakten verarzteten. Er hingegen begann mit den umstehenden Männern eine lebhafte Diskussion. »Sie sehen sehr besorgt aus.«

»Ja«, bestätigte Matti. »Ich hab fast den Eindruck, sie haben auch schon mal einen Angriff der Weißen durchgemacht. Vielleicht war das der erste oder sogar einzige Kontakt dieses Stammes mit den Weißen.«

Mike schaute ihn ernst an. »Meinst du, dass wir hier vielleicht gar nicht als Kinder aufgenommen wurden, die Hilfe und Schutz brauchen, sondern als – Geiseln?«, brachte Mike hervor.

»Geiseln?«, wiederholte Gabriel ungläubig. »Wieso denn als Geiseln? Wofür?«

»Oder als Pfand. Für ihre Sicherheit«, erläuterte Matti. »Sie denken vielleicht, sie werden von den Weißen nicht angegriffen, wenn vier weiße Kinder bei ihnen leben.«

»Aber wir haben mit den Gaunern doch nichts zu tun. Wir sind vor denen geflohen!«, erwiderte Gabriel.

»Das wissen sie aber nicht«, entgegnete Matti.

Gabriel ließ den Kopf hängen. Matti hatte recht. Es könnte ein Grund dafür sein, dass sie aufgenommen worden waren, trotz der Gefahr, sich an Krankheiten anzustecken. Sofern ihnen diese Gefahr überhaupt bewusst war. Das war ja auch noch nicht klar.

Zwei Männer trugen den noch immer bewusstlosen, aber nun verarzteten Mann in die Hütte, in der auch Elly lag. Das einfache Gebäude stellte offenbar die Krankenstation des Dorfes dar.

»Wir sollten vielleicht mal herausbekommen, wie viel sie von uns – also der Zivilisation – wissen«, entschied Matti. Er führte die beiden anderen zurück in die Hütte, in der sie aufgewacht waren. Sie waren so erstaunt gewesen und neugierig, wo sie überhaupt gelandet waren, dass sie bisher gar nicht dazu gekommen waren, nachzuschauen, ob ihre Ausrüstung noch da war. Mike entdeckte sofort seine Umhängetasche. Es war alles an Ort und Stelle: die große Stabtaschenlampe, eine weitere kleine Taschenlampe, ein großes Fahrtenmesser, ein kleines Schweizer Taschenmesser, ein Geldbeutel, ein Päckchen Zigaretten und ein Feuerzeug. Außerdem eine Tube Handcreme und ein Päckchen Pflaster. Zudem zwei Regenjacken. Aber: »Die Pistole mit den zwei Magazinen ist weg!«, bemerkte Mike.

»Unser Gewehr auch!«, stellte Matti fest. »Das hatte ich mir schon gedacht. Sie kennen die Waffen. Deshalb konnte der Schamane dem Fremden auch die Kugel entfernen. Aber sie benutzen diese Waffen nicht. Sie haben nur Angst davor. Ich vermute, dass sie nicht allzu oft Kontakt zur Zivilisation hatten.«

HOLZ HÄRTEN

Holz härten ist zum Beispiel nötig, wenn man eine widerstandsfähige Speerspitze herstellen möchte.

Dazu muss man zuerst einen Ast anspitzen. Dann die Spitze über ein Feuer halten, bis die Oberfläche dunkelbraun wird.

Beginnt das Holz zu glimmen, sollte man es sofort löschen, indem man die Spitze in Sand oder die Erde steckt. Wenn das Holz dunkel genug geworden ist, die angekohlten Stellen abkratzen. Danach die Spitze mit einem Stein scharfschleifen.

Alles, was Elly im Lager der Banditen ergattert hatte – also ein Topf, zwei Teller, Verbandszeug, zwei Taschenmesser und das Campingbesteck – war ebenso noch da wie die zwei Trinkbecher von Gabriel. Sogar die Machete hatten sie ihnen gelassen! Auch ihre Seile hatten sie noch.

Matti nahm die Taschenlampe und ein Fahrtenmesser.

»Ich hab gesehen, dass sie scharfe Steine und bearbeitete Knochen zum Schneiden und als Waffen benutzen«, erklärte Matti. »Vermutlich ist der Schamane der Einzige, der ein Messer besitzt.«

Die drei gingen zurück auf den kleinen Platz in der Mitte des Dorfes, wo Davi und seine Freunde im Kreis hockten und irgendetwas werkelten. Erst als sie näherkamen, erkannte Mike, dass die Jungs neue Pfeile bauten – als Ersatz für die, die sie auf der Jagd verschossen hatten. Ein günstiger Moment für Mattis Test.

Er hockte sich daneben und beobachtete neugierig, wie einer der Jungs mit einem faustgroßen scharfen, behauenen Stein Knochensplitter zu scharfen Pfeilspitzen bearbeitete. Ein anderer schnitzte mit einem ähnlichen Stein in Stücke geschnittene Bambusspitzen zu scharfen Pfeilen.

Auch Gabriel und Mike hockten sich dazu, während Matti sein Fahrtenmesser zog, es sich in beide Hände legte und es herumzeigte, als wollte er es zum Verkauf anbieten. Mit dem Daumen glitt Matti nun vorsichtig über die Klinge, um zu demonstrieren, wie scharf das Messer war.

Die Jungs betrachteten zunächst staunend den seltsamen Gegenstand und schauten sich dann gegenseitig an. Davi nahm das Messer behutsam entgegen, als Matti es ihm reichte.

»Komisch!«, fand Gabriel. »Sie kennen Pistolen und Gewehre, aber keine Messer, obwohl der Schamane mit einem arbeitet?«

»Vielleicht ist der Schamane deshalb so eine Autorität bei ihnen. Er kennt nicht nur das uralte Wissen seines Volkes über die unzähligen Heilpflanzen, sondern weiß auch mehr als die anderen über die zivilisierte Welt. Eine Gewehrkugel aus der Wunde eines Verletzten zu entfernen, das muss man ja auch erst mal lernen,« meinte Matti.

Davi strich mit seinem Daumen über die Klinge, so wie Matti es ihm vorgemacht hatte. Er begriff, wie scharf das Messer war, und verletzte sich nicht.

»Gib mir mal dein Messer«, flüsterte Matti Mike zu, der ihm daraufhin sein Fahrtenmesser reichte.

Matti zeigte Davi nun, wie man damit schnitzte. Davi ahmte ihn nach, hatte schnell den Bogen raus und konnte bereits erheblich geschickter mit dem Messer die Spitze einer Bambusstange schärfen als Matti.

Matti lächelte Davi an. Mike konnte soeben noch

seinen Impuls unterdrücken, Davi Beifall für seine Leistung zu spenden. Woher aber sollte er wissen, wie die Indianer diese Geste auffassen würden?

Davi reichte das Messer herum, damit auch die anderen sich mit dem fremden Werkzeug vertraut machen konnten.

Mike schaute unsicher zu Matti. »Hoffentlich handeln wir uns keinen Ärger ein. Ich meine, der Schamane hat vielleicht einen guten Grund, den anderen sein Messer nicht zu zeigen.«

Matti stutzte. »Du hast recht, Mike. Aber jetzt ist es eh zu spät. Also können wir auch weitermachen. Gabriel, hol mal das Feuerzeug«, bat er seinen Bruder.

Gabriel brauchte nicht loszulaufen. Er griff in seine Hosentasche. »Ich hab's sicherheitshalber eingesteckt.«

Matti hob ein Blatt vom Boden auf, hielt es in seiner linken Hand, entzündete mit seiner rechten das Feuerzeug und hielt die Flamme ans Blatt, das daraufhin vor den Augen aller verkokelte.

Davi und die anderen wichen erschrocken zurück. Natürlich kannten sie Feuer, aber nicht eines, das aus so einem kleinen Ding entsprang, wenn man draufdrückte.

Einer der Jungs sprang auf und lief davon.

»O Mist!«, zischte Mike. »Ich hab's doch gesagt. Jetzt holt er die Stammesältesten, und wir bekommen Ärger!«

FEUER MACHEN OHNE FEUERZEUG

Lebenswichtig in der Wildnis ist es, ein Feuer machen zu können – ohne Feuerzeug oder Streichhölzer. Es gibt viele verschiedene Methoden dafür. Hier erfährst du, wie man mit Hölzern ein Feuer entfacht:

Zuerst musst du dir **Zunder** herstellen. Den brauchst du für alle Methoden. Dazu sammle möglichst trockenes Holz. Wenn du nur nasses Holz findest, schäle die Rinde ab. Darunter ist das Holz trocken. Von dem trockenen Holzstück nun möglichst feine Späne abraspeln. Das geht mit Hilfe eines Messers oder scharfkantiger Steine. Außerdem kannst du trockenes Gras, Blätter, kleine Stöcke oder Rindestückchen als Zunder verwenden.

Du brauchst ausreichend Späne, um ein kleines Nest aus Holzwolle zu bauen. Ähnlich als wolltest du ein Oster-Körbchen auslegen.

Sammle anschließend **Anzündholz** in Form von kleinen Zweigen. Schichte die Zweige auf den Zunder. Nun hast du schon ein kleines Mini-Lagerfeuer. Was fehlt, sind Feuerfunken.

Um diese erzeugen zu können, musst du dir zunächst ein **dickes Stück Holz** suchen, in das du mit einem Messer oder scharfen Stein eine **trichterförmige Kerbe** hineinschneidest. Die Kerbe soll nur so groß sein, dass ein **fester Stock**, den du dir gesucht hast, hineinpasst. Der Stock sollte dünn sein, höchstens 1 – 1,5 Zentimeter dick, aber rund 60 Zentimeter lang (also wie zwei Lineale). Steck den Stock in die Kerbe wie einen Bohrer. Nun greifst du den Stock mit beiden Handflächen und reibst ihn so schnell du kannst, so dass er sich dreht. Dabei den Stock fest in die Kerbe drücken. Durch die Reibung entsteht Hitze, so dass im Holzstück irgendwann eine Glut erzeugt wird. Halte schnell etwas von dem Zunder an die Glut, bis er Feuer fängt, und lege den glühenden (oder brennenden) Zunder in dein vorbereitetes Mini-Lagerfeuer. Es entzündet sich. Nun immer größere Holzstückchen nachlegen, bis das Feuer die gewünschte Größe hat.

Gabriel wurde blass im Gesicht. Auch Matti sah nicht glücklich aus. Doch wenige Sekunden später kehrte der Junge zurück. Er trug zwei Steine in seiner Hand, legte etwas getrocknetes Gras vor sich hin, schlug die Steine aneinander, pustete und wiederholte diesen Vorgang zwei-, dreimal, bis das trockene Gras brannte.

Davi präsentierte stolz die Leistung seines Freundes. Zu Recht. Denn der hatte das Feuer in einer beeindruckend kurzen Zeit entfacht.

»Auch nicht viel langsamer als mit einem Feuerzeug«, stellte Gabriel begeistert fest und klatschte Beifall, ohne sich dabei den Kopf zu zerbrechen, wie Mike zuvor. Davi und seine Jungs schauten Gabriel verdutzt an. Davi machte Gabriels Klatschen nach, schlug aber rhythmischer als Gabriel in die Hände und begann, dazu erst etwas zu summen, dann zu singen. Die anderen reihten sich sofort ein, klatschten ebenfalls und sangen gemeinsam mit Davi ein Lied, das die Stadtkinder nicht verstanden.

Wieder stand ein Junge auf und lief davon. Diesmal machte sich Mike aber keine Sorgen darüber. Bestimmt würde der Junge wieder etwas holen. Tatsächlich: Er brachte eine Trommel und ein weiteres Schlaginstrument. Es bestand aus zwei Rundhölzern, das eine war dick und klobig, das andere fein und dünn. Nun war das Orchester komplett.

Mike, Gabriel und Matti klatschten mit und begannen, vorsichtig und leise die Melodie des Gesangs mitzusummen. Matti, der sich bei Schulaufführungen schon öfter im Beatboxing versucht hatte, traute sich, mit seinem Mund und der Stimme Rhythmusinstrumente nachzuahmen. Auch ohne Mikrophon gelang es ihm besser, als er gehofft hatte. Davi und seinen Freunden gefiel das sehr gut. So saßen plötzlich alle singend, musizierend, lachend und feixend beieinander, obwohl sich die beiden Gruppen nach wie vor mit keinem einzigen Wort verständigen konnten.

Matti entschied, ihnen die Taschenlampe erst zu demonstrieren, wenn es dunkel wurde, was allerdings nicht mehr lange dauern würde. Mike wollte gerne nach Elly schauen. Er sagte Matti und Gabriel Bescheid. Matti versuchte, es Davi irgendwie mit Händen und Füßen zu erklären, behalf sich schließlich aber doch wieder mit einer Zeichnung im Sand.

Dann standen die drei auf und gingen langsam zu der kleinen Hütte, in der nun außer Elly auch der fremde Indianer lag.

Die zwei Frauen, die Elly pflegten, hockten immer noch – oder schon wieder – in der Hütte. Noch war der Fremde nicht aufgewacht. Aber Elly saß aufrecht in ihrem Schlaflager.

»Elly!«, rief Mike ihr freudig zu.

Elly sah ihren Bruder an. Ihre Augen wirkten noch

trüb und schläfrig. Immerhin starrten sie nicht, wie noch am Morgen, ins Nirgendwo. Das Mädchen schien bei klarem Verstand zu sein.

»Mike!«, antwortete Elly mit schwacher Stimme. »Wo … Wo sind wir?«

Ganz offenbar war sie soeben erst aus ihrer Trance erwacht. Mike erklärte ihr die Situation mit knappen Worten.

»Ein unkontaktiertes Volk?«, fragte Elly ungläubig nach.

»Fast. Ein oder zwei Mal müssen Einzelne von ihnen schon mal Kontakt gehabt haben«, bestätigte Mike und berichtete, wie sie hierhergekommen waren, und wem Elly ihre Genesung zu verdanken hatte. »Den Rest erzähle ich dir später ausführlich. Wie geht es dir?«

»G…gut«, sagte Elly zögerlich, als müsste sie sich erst selbst von ihrer Antwort überzeugen. »Ein bisschen schwach. Und ich habe Hunger. Haben wir etwas zu essen?«

Eine gute Frage, fand Mike. Auch er verspürte großen Hunger. Jetzt erst fiel ihm auf, dass er und die anderen den ganzen Tag noch nichts gegessen hatten.

»Wir haben zwei Tiere gejagt«, erzählte Mike seiner Schwester. »Aber ich weiß nicht, wer die zubereitet und wann. Und wann wir etwas davon bekommen.

PEQUIBAUM

Der **Pequibaum** wird bis zu 10 Meter hoch und fällt durch seine grobgekerbte Rinde und den gewundenen Stamm auf. Seine Früchte wachsen in dicken grünen Schalen heran, meist befinden sich mehrere Früchte in einer Schale. Wenn sie reif sind, haben die Früchte in etwa die Größe einer kleinen Orange. Sie können dann von der Schale gelöst werden oder brechen von selbst aus der Schale hervor. Rund 6000 Früchte produziert ein ausgewachsener Pequibaum im Jahr. Von der Blüte bis zum Herunterfallen der Früchte profitieren Bienen, Insekten, Vögel, kleine Nager bis hin zu großen Säugetieren wie z. B. Hirsche und Wildschweine vom Pequibaum.

Die reifen Früchte haben allerdings einen sehr aufdringlichen Geruch.

Aus dem Stamm des Pequibaums kann man hochwertige Holzkohle produzieren. Daher wird er oft abgeholzt. Aus diesem Grund und wegen der Brandrodungen im Regenwald gehört der Pequibaum zu den gefährdeten Arten.

Aber einige Frauen haben vorhin einen Teig angerührt. Warte mal!«

Mike wollte sich gerade erheben, doch Matti hatte schon verstanden. »Bleib du hier!«

Matti wandte sich an die beiden Frauen, die neben dem fremden Indianer hockten, und machte eine Geste, die essen bedeuten sollte.

Die Frauen verstanden. Eine blieb sitzen, die andere erhob sich und führte Matti hinaus. Einen Augenblick später kehrte Matti mit einer Art Schüssel zurück, in der sich ein dicker Brei befand.

»Was ist das?«, fragte Mike.

Matti zuckte mit den Schultern. »Keine Ahnung. Ich hab es von den Frauen, die auch den Teig gemacht haben. Ist aber warm und schmeckt gut. Wenn ihr mich fragt, ist der Brei sogar gewürzt. Ich glaube, die haben irgendwelche Kräuter beigemischt.«

»Lakritz?«, fragte Gabriel und erzählte Elly, die ihn mit fragendem Blick anschaute, von dem Süßholz.

»Nein, kein Süßholz«, widersprach Matti. »Eher etwas Minziges, finde ich. Keine Ahnung.«

Er reichte Elly die Schüssel und hatte sogar daran gedacht, die beiden Bestecke mitzubringen, die sie besaßen. Elly probierte. Ihr Gesicht hellte sich auf. »Schmeckt wirklich gut.«

Auch Mike nahm einen Löffel voll. »Hat etwas von Grießbrei, finde ich.«

»Grießbrei mit Minze?« Gabriel verzog das Gesicht, probierte aber trotzdem. Sein Hunger war zu groß. Erstaunt zog er die Augenbrauen hoch. »Was erzählt ihr denn? Das schmeckt weder nach Grießbrei noch nach Minze!«

»Sondern?«, fragte Matti.

»Reis mit Mango!«

Die drei anderen lachten.

»Wie praktisch!«, sagte Matti kichernd. »So schmeckt jeder das, was er am liebsten mag. Das ist vermutlich ein Zauberbrei!«

Und das Erstaunlichste war: Der Brei sättigte. Schon nach einigen Löffeln war der erste große Hunger gestillt.

»Ich werde trotzdem nachher etwas von dem Fleisch essen«, stellte Gabriel klar.

»Was für Fleisch?«, fragte Elly.

Mike hatte bisher wohlweislich vermieden, Elly mitzuteilen, welche Tiere sie bei der Jagd erlegt hatten. Jetzt aber rückte er mit der Wahrheit heraus: »Ein Äffchen und ein Faultier.«

Elly öffnete den Mund, und Mike sah ihr an, wie sehr sie protestieren wollte. Doch dann wurde auch ihr die Lage bewusst, in der sie sich befanden. So holte sie nur tief Luft und sagte: »Erinnert ihr euch an die Harpyie, die wir vom Flugzeug aus gesehen hatten?«

Die drei Jungs nickten und wussten, was Elly sagen wollte: Der Vogel hatte auch ein Äffchen gejagt.

»Wollen wir mal hoffen, das Tier hatte Geschmack«, sagte Elly.

Ein geheimnisvoller Fund

Schon am Abend ging es Elly merklich besser. Entweder wirkten die Mittel des Schamanen wie ein Wunder oder Elly war von etwas gestochen oder gebissen worden, dessen Gift ein Mensch ohnehin nach ein oder zwei Tagen verkraftet hatte. Elly war es egal. Sie genoss es, sich besser zu fühlen.

Nach Einbruch der Dunkelheit wurde auch endlich das Fleisch zubereitet. Die Indianer hatten die beiden erlegten Tiere ausgenommen, wobei Mike und seine Freunde zum Glück nicht hatten zusehen müssen. Das Fleisch war in viele kleine Einzelstücke zerlegt und sah nun auch nicht anders aus als beispielsweise die Fleischauslage im heimischen Supermarkt, wo die Steaks von Rindern, Lämmern oder Schweinen präsentiert wurden.

Die Kinder versuchten einfach zu verdrängen, dass hier das Fleisch eines Affen und eines Faultieres gebraten wurde. Im Gegenteil: Mike fühlte so etwas wie Stolz, dass sie das Fleisch eines Tieres aßen, das er selbst gejagt und erlegt hatte. Außerdem weckte es die Hoffnung in ihm, dass sie in der Lage waren, sich weiter im Dschungel durchzukämpfen und zu überleben. Was hatte Matti noch mal gesagt? Sie wollten eine Zeitlang bleiben und so viel wie möglich von den Indianern über das Leben im Dschungel lernen. Dann könnten sie allein weiterziehen und versuchen, zur Zivilisation zu gelangen.

Mike beobachtete, wie die Indianer das Fleisch zubereiteten. Die Methode unterschied sich nicht sehr von der, die die Kinder selbst ausprobiert hatten, als sie auf sich gestellt gewesen waren. Die Indianer hatten ein Feuer gemacht, darauf erhitzten sie mehrere flache Steine, auf denen wiederum das Fleisch gegrillt wurde. Es gab nicht viel. Der Stamm bestand aus schätzungsweise fünfzig Leuten, daher blieb für jeden nur ein kleines bisschen Fleisch. Dennoch: Als Mike in sein Stück des Faultiers biss, schmeckte es … himmlisch!

Zu Mikes großer Überraschung trat plötzlich noch ein Indio hinzu, der einige große Fische auf die heißen Steine legte. Und zwar komplett, so wie sie waren.

Elly rümpfte zuerst die Nase, doch dann entdeckte sie, dass den Fischen die Bauchdecke aufgeschnitten worden war.

»Wenigstens haben sie die Fische ausgenommen«, flüsterte sie ihrem Bruder zu.

Als der erste Fisch so gar war, dass er fast ohne fremdes Zutun auseinanderfiel, angelte Davi sich ein Stückchen mit einem aus Fasern und Seilen gefertigten Werkzeug. Er überreichte es Elly, die das Fischstück dankend auf ihrem Teller entgegennahm, was ihr die neugierigen Blicke aller anwesenden Kinder einbrachte. Einen Teller hatte offenbar noch niemand gesehen. Ebenso wenig wie das Besteck, das Elly in Händen hielt. Hier aßen alle einfach mit den Fingern. Elly war es peinlich, und sie war drauf und dran, ihr albernes Besteck beiseitezulegen. Aber sie befürchtete, dass sie es nicht schaffen würde, die Gräten ohne Besteck herauszupulen.

Eine Frau stellte den Kindern derweil eine große Schüssel mit dem exotischen Brei hin, von dem sie schon am Nachmittag gekostet hatten. Dazu reichte sie ihnen Fladen, die entfernt an Brot erinnerten. Mike vermutete, dass es sich um den gleichen Brei handelte, nur dass dieser ausgerollt und getrocknet worden war, so dass eben eine Mischung aus Pfannkuchen und Brot dabei herauskam. Das Leckerste aber waren die Getränke. Köstliche Säfte aus den unterschiedlichsten Früchten, von denen Mike bei weitem nicht alle zuordnen konnte. Es war ihm auch egal, sie schmeckten frisch und süß.

»Fische!«, raunte Matti ihm zu. Und Mike dachte zuerst, Matti hätte ein Getränk erwischt, das nach

Fisch schmeckte. Doch Matti wollte auf etwas anderes hinweisen: »Ich hab doch gleich gesagt, wir sind in der Nähe von Wasser. Morgen muss Davi uns zum Fluss führen. Vielleicht kann er uns erzählen, ob da manchmal Boote vorbeikommen. Möglicherweise haben sie auch selbst Boote, und wir können mit einem wegfahren, bis zum nächsten Ort!«

Mike setzte die halbe Kokosnussschale ab, aus der er gerade einen köstlichen Mix aus Mangosaft und Kokoswasser getrunken hatte. »Meinst du?«

Matti zuckte mit den Schultern. »Weiß ich natürlich nicht. Sicher ist, dass wir am Wasser sind. Woher sonst die Fische?«

Das ganze Dorf hatte sich um das große Feuer versammelt, in dessen Glut das Fleisch gegart wurde. Der Brei und das Fladenbrot machten die Runde, ebenso wie die Getränke. Die Männer rauchten irgendwas, und Mike schlug vor, ihnen die Zigaretten zu geben.

»Ich weiß nicht«, entgegnete Matti. »Wir haben ihnen ein Fahrtenmesser geschenkt. Das sollte erst mal genügen.«

»Wir brauchen die Zigaretten nicht«, argumentierte Elly. »Aber die Männer hier rauchen.«

»Ja, aber keinen Tabak«, entgegnete Matti. »Was immer sie getrocknet haben, nach Tabak riecht es irgendwie nicht. Unser Opa raucht manchmal Zigarren oder Pfeife, das riecht ganz anders. Und wer weiß, wofür wir die Zigaretten noch brauchen können. Ihr habt doch gesehen, dass hier offenbar fremde Stämme in der Nähe sind. Es ist immer noch unklar, woher der fremde Indianer kommt und wer auf ihn geschossen hat.«

»Okay«, räumte Elly ein. »Wenn du meinst, dass uns die Zigaretten noch mal nutzen können …«

Ursprünglich hatte Matti vorgehabt, den Indios die Taschenlampe vorzuführen. Inzwischen aber hatte er seine Idee wieder verworfen. Jetzt, in der tiefdunklen Nacht, hatten die Indianer vor jede Hütte eine kleine Feuerschale gestellt. Mit dem großen Feuer in der Mitte auf dem zentralen Platz, war das ganze Dorf hell genug erleuchtet, so dass wilde Tiere abgehalten wurden, und man gleichzeitig genug sehen konnte. Sie brauchten die Taschenlampen nicht. Und würden vermutlich nur enttäuscht sein, wenn nach einigen Stunden die Batterien ihren Geist aufgaben.

Wie auf das Stichwort »Geist« tanzte jetzt plötzlich eine Gruppe von etwa fünf, sechs Männern auf das Feuer zu. Sie hatten ihre Körper und Gesichter rot bemalt, sich Federn in die Haare gesteckt und Gürtel aus Federn um die Hüften gebunden, so dass ihre körperliche Blöße ausnahmsweise einmal halbwegs bedeckt war. Andere Männer begannen zu trommeln. Das ganze Dorf stimmte in einen rhythmischen, wenn auch relativ eintönigen Gesang ein.

Mike vermutete, dass so etwas wie ein kleines »Erntedankfest« begann. Nur, dass man nicht nur ein paar Früchte und etwas Gemüse geerntet, sondern auch noch zwei Tiere erlegt hatte. Vielleicht dankte man den Jagdgöttern, vielleicht begleitete man auch nur die Seelen des Affen und des Faultiers in den Himmel oder was immer das religiöse Jenseits der Indianer sein mochte. Mike und seine Freunde wussten rein gar nichts über die religiösen oder sonstigen Bräuche dieses Stammes. Und sie verstanden die Sprache nicht, konnten also nicht nachfragen. Vielleicht war das auch gut so. Sprache diente nicht nur der Verständigung, sondern war ebenso oft auch die Ursache von Missverständnissen, Meinungsverschiedenheiten und Argwohn. Je weniger man voneinander wusste, desto weniger Gründe gab es auch, einander abzulehnen oder sich gar voreinander zu fürchten. Mit Gesten, Zeichnungen und durch ihre Taten hatten sie bisher gegenseitig klargestellt, dass sie friedlich waren, den anderen respektierten und man freundlich gesinnt war. Vielleicht genügt das, und man sollte es dabei belassen, dachte Mike.

Plötzlich spürte er, dass er auf die Toilette musste. Natürlich gab es hier keine Toiletten, und er nahm an, dass die Indianer einfach hinter den nächsten Busch gingen, so wie sie selbst es auch in den vergangenen Tagen getan hatten.

Mike stand also auf und sah sich im flackernden Schein des Feuers um: Wo wäre jetzt in der Nacht wohl der beste Platz? Er nahm eine Taschenlampe mit und entschied sich, hinter die Hütte zu gehen, in der sie aufgewacht waren. Er leuchtete die Stelle ab, die er als Toilette für geeignet hielt. Plötzlich glitzerte ihm etwas entgegen. Mike schreckte zurück, weil er im ersten Moment dachte, die glänzende und schimmernde Haut eines Reptils hätte das Licht reflektiert. Doch dann lenkte er den Lichtstrahl erneut auf die Stelle, schaute genauer hin und erkannte, dass sich dort keine Schlange versteckt hatte. Am Boden lag – er trat wieder ein bisschen näher heran – etwas Metallisches. Es war ihre Pistole, die die Indianer ihnen abgenommen hatten! Offenbar wussten sie selbst nichts damit anzufangen, wollten aber verhindern, dass Mike und seine Freunde die Waffe benutzen konnten. Und so hatten die Indianer die Waffe einfach hinter der Hütte versteckt.

Mike beugte sich hinunter, um die Pistole einzustecken. Da sah er den Kolben ihres Gewehrs. Unwillkürlich hielt er einen Moment lang still, horchte, ob ihm jemand gefolgt war, schaute sich um, schaltete sogar die Taschenlampe aus, um seinen Standort nicht zu verraten.

Aber da war niemand.

Glaubte er.

Mike wusste, so sicher konnte er sich nicht sein. Die Indianer waren Meister darin, sich unsichtbar zu machen. Insofern waren Mikes Vorsichtsmaßnahmen eigentlich sinnlos. Ihm blieb nichts anderes übrig, als zu hoffen, dass ihm niemand gefolgt war. Mike knipste seine Lampe wieder an, nahm das Gewehr an sich, legte es neben sich, weil er nun erst pinkeln wollte, bevor er die beiden Waffen zurück in die Hütte brachte, um sie dort zu verstecken. Die Hütte wäre allerdings ein schlechter Ort dafür, überlegte er. Dort gab es keine Verstecke. Die Hütte war zu den Stirnseiten offen, und es lagen nur Schlafunterlagen aus Blättern, Gräsern und Ästen darin, die mehr einem weichen Vogelnest als einem Bett ähnelten. Da die Indianer normalerweise in Hängematten schliefen, war es gut möglich, dass sie die notdürftigen »Betten« bald wieder abbauten. Würden die Indianer aber die Waffen bei ihnen finden, so würden sie vielleicht denken, Mike und seine Freunde wollten doch das Dorf angreifen.

Andererseits konnten sie die Waffen vielleicht irgendwann gut brauchen, besonders, wenn sie das Dorf wieder verließen, um weiter den Weg aus dem Dschungel zu suchen.

Als Mike fertig gepinkelt hatte, kam ihm die Idee, die Waffen einfach dort zu lassen, wo er sie gefunden hatte. Die Indianer ahnten nicht, dass er sie entdeckt hatte, und sie selbst würden sie sich nicht nehmen, weil sie gar nichts damit anzufangen wussten. Für Mike und seine Freunde aber lagen sie in Griffnähe, genau hinter ihrer Hütte. Als Mike das Gewehr zurück in den kleinen Busch schob, stieß es gegen etwas, wobei ein leises metallisches Geräusch ertönte. Mike schaute im Schein seiner Lampe nach und – entdeckte zwei weitere Gewehre! Wie konnte das sein? Woher kamen die? Matti hatte ja bereits vermutet, dass das Volk hier bereits unangenehmen Kontakt zu Weißen gehabt hatte, aber er hatte sich dabei nicht vorgestellt, dass die Indianer die Angreifer offenbar besiegt und entwaffnet hatten! Und wenn dem so war, wo steckten die Männer, denen die Gewehre gehörten? Waren sie geflohen? Ohne ihre Waffen? Eher unwahrscheinlich. Wurden sie im Kampf getötet? Oder hatten die Indianer sie etwa erst betäubt, ins Dorf gebracht und dann umgebracht? Mike konnte sich das nur schwer vorstellen, so freundlich und hilfsbereit wie er die Indios kennengelernt hatte. Aber wenn er es sich genau überlegte, erschien es ihm die plausibelste Erklärung. Sie mussten es ja gar nicht böse gemeint haben, sondern sie hatten vielleicht nur die getötet, vor denen sie Angst hatten, weil sie das Dorf wie ein wildes Raubtier überfallen hatten. Mike schaute sich noch einmal um, obwohl ihm bewusst war, wie unnütz diese Vorsichtsmaßnahme war, dann legte er alle Waffen zusammen und bedeckte sie mit Erde und Laub. Er hoffte, er würde sie sofort wiederfinden können, wenn sie sie brauchen würden.

Dann suchte er sich mit Hilfe der Taschenlampe den Weg zurück zu den anderen. Doch als er um die Ecke der Hütte kam, wäre er fast gegen Davi geprallt, der mit einem Mal vor ihm stand.

Mike erschrak so sehr, dass er kurz aufquiekte.

Davi lächelte ihn wie immer mit einem breiten Grinsen an.

Mike überlegte, was er sagen sollte, und wollte gerade irgendeine Entschuldigung stammeln, als ihm einfiel, dass Davi ihn sowieso nicht verstand. Er überlegte, ob er Davi zeigen sollte, dass er gepinkelt hatte, doch dazu fielen ihm nur Gesten ein, die er als peinlich empfunden hätte. Davi hingegen war nichts peinlich. Er drehte sich einfach nur leicht zur Seite und pinkelte los, wobei er Mike weiter anlächelte.

Mike lächelte verlegen zurück. Wenigstens war Davi ihm offenbar nicht gefolgt, um ihn zu überwachen. Mike hätte allerdings nicht gedacht, dass ausgerechnet der Ort, den er sich für sein Geschäft ausgeguckt hatte, exakt jener war, zu dem auch die Indianer gingen. War das wirklich so? Oder war Davi ihm doch nachgeschlichen? Mike nickte leicht zum Abschied und ging weiter. Doch Davi hielt ihn fest. Erneut erschrak Mike und zuckte zusammen.

Davi zeigte in den Wald hinein. Mike sah nur tiefe

Finsternis. Er traute sich aber auch nicht, seine Taschenlampe anzuknipsen, denn womöglich hatte Davi noch nie eine Lampe gesehen und würde sich erschrecken.

Davi sagte ein Wort, das Mike nicht verstand. Aber dafür sah er jetzt etwas, nur einen kurzen Moment: Zwei Augen, die das schwache, flackernde Licht des Feuers reflektierten. Er hatte das Glühen in etwa drei, vier Metern Höhe gesehen, also schien das nachtaktive Tier sie von einem Baum aus zu beobachten.

Davi ging in die Hocke und schlich den Augen entgegen.

Er bedeutete Mike, mitzukommen.

Doch Mike schüttelte den Kopf. Er wollte viel lieber zurück zu den anderen ans Feuer laufen, wo er sich am sichersten fühlte. Davi ignorierte seine abwehrende Reaktion und zog Mike einfach mit sich.

Drei, vier Meter schlichen sie sich näher an die Augen heran, die sich zunächst nicht rührten. Doch dann mit einem Mal bewegten sie sich. Das Tier verschwand. Für einen Bruchteil einer Sekunde erkannte Mike auch, was sie beobachtet hatten: einen ausgewachsenen, mächtigen Jaguar!

Mike hielt den Atem an.

Meine Güte!, dachte er und erinnerte sich, was im Lager der Banditen los gewesen war, als ein Jaguar in der Nähe des Camps aufgetaucht war. Das gesamte Lager war in Aufruhr gewesen. Sofort hatten alle Männer zu ihren Waffen gegriffen und waren dem Jaguar gefolgt, um ihn abzuschießen.

Und hier? Davi hatte keinen Mucks von sich gegeben, war dem Jaguar sogar noch entgegengegangen und hatte ihm, Mike, mit einer Mischung aus Faszination, Stolz und Neugier das mächtige Tier gezeigt. Ohne ein Fünkchen Angst, sondern mit Ruhe und Gelassenheit, so wie Eltern daheim in Deutschland ihren Kindern vielleicht eine Meise in einem Kirschbaum zeigten.

Davi schien sicher zu sein, dass er und Mike nicht ins Beuteschema der Raubkatze passten. Wahrscheinlich war es sogar umgekehrt: Der Jaguar hatte sie nur beobachtet, um herauszufinden, ob die Menschen für ihn eine Gefahr darstellten.

Davi lächelte Mike wieder an, zeigte erneut in den Wald, dann auf sich und klopfte sich auf die Brust. Zweimal wiederholte er das, bis Mike zu verstehen glaubte, dass Davi sich als Jaguar fühlte. Vielleicht gehörte es zu seiner Religion oder zu den mythischen Geschichten des Stammes, dass jeder Indianer sich mit einem Tier seelenverwandt fühlte oder ein Tier als eine Art Schutzpatron für sich ansah?

Mike lächelte zurück. Er verstand nichts von Religionen und traditionellen Bräuchen, aber er hatte sich schon oft mit seinen Kumpels in der Schule ausgemalt, welches Tier sie am liebsten wären. Für Mike war das nie eine Frage gewesen: Er wollte immer ein schwarzer Panther sein. Das passte sehr gut, denn ein schwarzer Panther war nichts anderes als ein schwarzer Leopard oder eben – ein Jaguar! Zumindest in der Tierwelt waren Mike und Davi also Seelenverwandte!

Mike tippte auf sich und sagte auf Portugiesisch: »Ich auch! – Eu tambén! Jaguar preto!«

Davi sah Mike einen kurzen Moment ernst an, dann lächelte er wieder. Mike wusste nicht, ob er ihn verstanden hatte. Gemeinsam kehrten sie nun zurück zu den anderen, wo sich noch mehr festlich geschmückte Männer eingefunden hatten, um zum Dank für die gute Jagd zu tanzen.

Davi und seine Jungs tanzten in der zweiten Reihe mit. Sie wussten, dass sie eines Tages als erwachsene Jäger ebenso im Mittelpunkt stehen würden wie ihre Väter jetzt. Mike rückte dicht an Matti heran, um ihm von den Waffen zu erzählen.

Danach weihte er Gabriel und Elly ein.

Mike sah ihren Gesichtern an, dass ihnen die gleichen Gedanken durch den Kopf gingen wie ihm zuvor und sie sich die gleichen Fragen stellten.

»Was schlägst du vor, was sollen wir tun?«, fragte Elly Matti.

»Nichts!«, lautete Mattis Antwort. »Außer die Augen offenzuhalten. Morgen versuchen wir erst mal an den Fluss zu kommen, und überlegen dann, ob wir auf diesem Weg weiterziehen können. Lasst uns heute Abend erst mal ordentlich essen, der Feier zusehen und uns freuen, dass Elly wieder gesund ist.« Dann fügte er noch hinzu: »Wer weiß? Vielleicht feiern sie gar nicht die Jagd, oder zumindest nicht nur, sondern auch den Sieg des Schamanen über Ellys Krankheit?«

Elly errötete. »Meinst du?«

»Keine Ahnung«, gestand Matti. »Aber ist doch ein schöner Gedanke!«

»Find ich auch!«, stimmte Gabriel zu. »Auf Ellys Gesundheit!«

Da sie aber gerade gar nichts zu trinken hatten, stießen sie auch nicht an, sondern riefen sich nur den Trinkspruch zu. Anschließend schauten sie weiter gebannt den Männern zu, die sich immer mehr in Ekstase tanzten.

Irgendwann – Mike vermutete, weit nach Mitternacht – beobachtete Mike, wie die ersten Indianer sich schlafen legten. Manche gingen dazu in die große Gemeinschaftshütte, andere legten sich einfach an Ort und Stelle zum Schlafen hin. Wieder andere wirkten nach dem stundenlangen Tanzen völlig erschöpft, und einige hatten offenbar irgendwelche Substanzen zu sich genommen, die auch der Schamane verwendete. Die Indianer wirkten weggetreten, ähnlich wie Elly noch am Morgen. Mike wusste: Die Pflanzen, die die Männer zu sich genommen hatten, wirkten wie Drogen. Und er hoffte sehr, dass alle ihre Wirkung gut vertrugen. Zu Hause – in der Zivilisation – hatte er im Fernsehen gesehen, dass so mancher nicht mit Drogen oder Alkohol umgehen kann und davon aggressiv wird. Vor allem bei Fußballspielen betranken sich die Leute erst und gingen dann prügelnd aufeinander los. Mike konnte nur hoffen, dass dies hier nicht der Fall war.

Todmüde legte er sich in ihrer kleinen Hütte zum Schlafen, aber er kam nicht zur Ruhe. Die Trommeln, Gesänge und die Tänze hatten noch nicht aufgehört. Er konnte bei solch einem Lärm nicht schlafen. Vor allem aber schlichen immer wieder düstere Ideen in seinen Kopf, was ihnen in den nächsten Tagen so alles passieren konnte. Oder sogar noch in dieser Nacht.

Überfall!

Irgendwann war er wohl doch eingeschlafen. Das merkte Mike aber erst, als ihn wildes Geschrei aus dem Schlaf riss. Er hatte von Schüssen geträumt! Aber ohne zu wissen, wer sie abgegeben hatte und wem sie galten. Er hatte überhaupt keine Bilder geträumt, nur Geräusche – eben Schüsse. Höchst merkwürdig.

Schlaftrunken hob Mike den Kopf. Gern hätte er sich weiter aufgerichtet, um zu sehen, was los war. Aber so einfach war es nicht, sich in einer schaukelnden Hängematte aufrecht hinzusetzen, ohne Gefahr zu laufen, herauszupurzeln. Mike hielt sich an beiden Seiten fest, versuchte konzentriert, das Gleichgewicht zu halten, hob den Oberkörper an und hängte sein rechtes Bein hinaus, was ihm zusätzliche Stabilität und Sicherheit verleihen sollte. In der Mitte der Hütte loderte ein kleines Feuer, das Tiere fernhalten sollte, aber auch ein wenig Licht spendete, um nicht im vollkommenen

Dunkeln herumtapsen zu müssen. Mike sah hinüber zu Elly, die noch schlief. Gabriel hob ebenfalls seinen Kopf, Matti saß schon in der Matte, beide Beine ließ er absprungbereit über die Kante baumeln.

»Was war das?«, fragte Gabriel.

»Schüsse!«, antwortete Matti.

Mike erschrak. »Schüsse? Ich dachte, die hätte ich geträumt!«

»Schön wär's«, sagte Matti. Er sprang von der Matte auf den Boden und zog sich seine Schuhe an. »Los, aufstehen! Die Schüsse können nur von Fremden gekommen sein!«

Gabriel sprang panisch von seiner Matte und schüttelte Elly. »Elly! Aufwachen! Elly!«

»Vielleicht haben sie nur die Gewehre ausprobiert, die hinter der Hütte liegen?«, sagte Mike.

Matti stutzte einen Augenblick. Dann sagte er entschieden: »Das glaube ich nicht. Nicht während einer Feier!«

Auch Mike kletterte nun aus seiner Matte heraus und suchte nach seinen Schuhen. Dann sah er hinüber zu dem fremden Indianer, der mittlerweile mit ihnen in derselben Hütte lag. Er war längst wach und horchte konzentriert in die Dunkelheit hinein. Seine Augen waren weit aufgerissen. Teils wohl vor Panik und Angst, teils, weil er anscheinend höchst fokussiert und kampfbereit war. Und als er plötzlich die vier Kinder aus einer anderen Welt neben sich sah, vergrößerte sich seine Unruhe noch.

»Mike?«, flüsterte Matti.

»Ja?« Automatisch verfiel auch Mike in einen Flüsterton. »Schleich du dich zusammen mit Elly hinten aus der Hütte und hol die Waffen. Vielleicht brauchen wir sie!«

»Okay!«, sagte Mike.

»Was glaubst du, was dort draußen los ist?«, fragte er entsetzt.

Eigentlich hätte er sich die Antwort selbst geben können. Denn von draußen war immer noch wildes Geschrei und Gejaule zu hören, manches klang wie Schlachtrufe, anderes wie Anweisungen, und manches einfach nur wie Hilfeschreie.

Keine Frage: Matti vermutete einen Angriff durch die Banditen! Waren die ihnen wirklich gefolgt? Und griffen sie nun ein Indianerdorf an, weil sie ihre Gefangenen wiederhaben wollten?

»Du meinst, die Banditen sind hinter uns her?«, fragte Mike.

»Das weiß ich nicht«, gab Matti zu. »Aber ich bin ziemlich sicher, dass sie hier sind! Wer soll es sonst sein?«

»Okay!«, sagte Mike leise. Mehr, um sich selbst die Tragweite dieser Tatsache noch mal zu vergegenwärtigen.

Auch Elly war inzwischen wach und hatte alles mitbekommen.

»Scheiße!«, fluchte sie, kletterte aus ihrer Matte heraus, zog sich ihre Schuhe an und rief den anderen zu: »Dann sollten wir nichts liegen lassen. Steckt alles, was wir an Ausrüstung haben, in eure Taschen. Vielleicht müssen wir Hals über Kopf fliehen!«

»Guter Hinweis!«, lobte Matti. »Das machen Gabriel und ich. Ihr holt die Waffen. Alle. Und so viel Munition, wie ihr tragen könnt!«

»Ich hab da keine Munition gesehen!«, schränkte Mike ein. »Ich hoffe, wir finden überhaupt welche!«

»Los jetzt, geht!«, überging Matti diesen Hinweis, obwohl Mike sicher war, dass er ihn sehr wohl mitbekommen und registriert hatte.

Er und Elly schlichen hinten zur Hütte hinaus, während Matti und Gabriel begannen, ihre Sachen zu packen. Kaum hatte Mike die Hütte verlassen, hörte er erneut Schüsse. Schnell duckte er sich weg und drehte sich zu seiner Schwester um. Elly hockte dicht hinter ihm. Sie war ebenfalls schlagartig in Deckung gegangen. In dem Dorf rannten die Ureinwohner wild hin und her. Eine der Hütten brannte.

Die beiden sahen, wie einige Indianer, bewaffnet mit Pfeil und Bogen und ihren Blasrohren, zur anderen Seite hinüberliefen.

»Schnell!«, drängte Elly.

Hinter der Hütte, im Dickicht, musste Mike mit der Taschenlampe den Weg leuchten. Schließlich fand er das Waffenversteck wieder, es war zu seiner großen Erleichterung noch genau so, wie er es vor einigen Stunden zurückgelassen hatte. Er reichte Elly die Pistole und fand nun auch ein Päckchen mit Munition, das er seiner Schwester übergab. Er selbst nahm sowohl das eigene Gewehr als auch die zwei weiteren, die er hier gefunden hatte – obwohl er keine passende Munition dazu finden konnte.

Elly tippte ihn von hinten an. »Da liegt noch was.«

Mike leuchtete zu der Stelle, auf die sie deutete. Und fand einen kleinen Stoffbeutel mit einer Schlaufe, mit der man sich den Beutel an den Gürtel binden konnte. Mike öffnete ihn. »Munition fürs Gewehr!«

Mike steckte sie ein, dann wollten sie so schnell wie möglich zurück. Doch plötzlich stoppte Elly.

»Was ist?«, fragte Mike. Im selben Moment sah er es selbst: Einer der Banditen hatte sich direkt vor Davi und zwei seiner Freunde aufgebaut und hielt ihnen seinen Gewehrlauf entgegen.

Die drei Jungs blieben stehen und schauten unschlüssig den fremden Mann mit der zerfetzten Hose, dem dreckigen Hemd und einem zerschlissenen Hut an. Mike überlegte kurz, ob er den Mann im Banditencamp gesehen hatte, konnte sich aber nicht an ihn erinnern.

Der Mann grinste die drei böse an.

Davi lächelte diesmal nicht. Im Gegenteil: Sein Blick strahlte Entschlossenheit aus, keine Spur von Angst, obwohl die drei unbewaffnet waren. Einer der älteren Indianer eilte herbei, seinen Bogen im Anschlag, um den drei Jungs zu helfen. Der Bandit machte nur eine halbe Drehung nach rechts und drückte ab. Aus der Hüfte heraus schoss er ohne Vorwarnung dem Indianer in die Brust, der vor den drei Jungen blutend zusammenbrach.

Mike stockte der Atem! Er fühlte sich wie in einem Albtraum. Aber er wusste, dass er nicht mehr träumte. Dieser Bandit hatte tatsächlich vor seinen Augen einen der Indianer erschossen! Es war einer der Älteren gewesen, mit denen Davi gesprochen hatte, bevor er Mike, Matti und Gabriel mit auf die Jagd genommen hatte. Offenbar hatte der Ältere die Erlaubnis erteilt und damit Mike und seinen Freunden das Vertrauen ausgesprochen. Jetzt lag er leblos vor Davis Füßen. Davi und die beiden anderen Jungs starrten ungläubig auf den Älteren, konnten nicht fassen, was der Fremde getan hatte. Nun wussten sie allerdings, wie gefährlich und unüberwindbar die Waffe war, die der Fremde in seinen Händen hielt.

Langsam und immer noch grinsend richtete der Bandit seinen Gewehrlauf wieder auf die Jungs – und zielte genau auf Davi.

Dann fiel erneut ein Schuss!

Mike zuckte zusammen, schloss die Augen, zog die Schultern hoch, betete innerlich, dass nicht das passiert sein möge, was er befürchtete. Er traute sich kaum, die Augen wieder zu öffnen, tat dies dann aber doch; langsam, vorsichtig. Er sah Davi, der – immer noch dastand! Genauso wie die anderen beiden Jungs! Mike atmete tief durch. Aber wo war der Bandit?

Jetzt begriff Mike, was passiert war. Der Bandit lag vor Davis Füßen, fast Kopf an Kopf mit dem Indianer, den er kurz zuvor erschossen hatte. Irgendjemand hatte ihn erwischt. Aber wer? Die Indianer hatten keine Gewehre. Es konnte also nur …

»Ich hatte keine Wahl!«, rechtfertigte sich Elly neben ihm, deren Hände erst jetzt, nach dem Schuss, zu zittern begannen. »Er wollte gerade Davi erschießen!«

Mike schaute seine Schwester mit großen Augen an, die die Pistole langsam wieder absetzte, mit der sie soeben den Banditen ins Visier genommen hatte.

»Du hast …?«

Doch Elly hörte ihm nicht zu. Sie rannte auf Davi zu.

Davi starrte auf Ellys Pistole, schaute hinunter zu dem regungslosen Banditen, dann wieder zu Elly. Er begriff.

Und rief Elly etwas zu. Elly verstand kein Wort.

Davi und seine Jungs rannten weg, blieben nach einigen Metern stehen, drehten sich dann aber um und winkten Mike und Elly zu sich.

»Sie wollen abhauen. Wir sollen mitkommen!«, vermutete Elly.

»Aber Matti und Gabriel?«, wandte Mike ein. Ihre Hütte, in der die beiden ihr weniges Hab und Gut zusammenklauben sollten, lag hinter ihnen. Davi und seine Freunde liefen in die entgegengesetzte Richtung. Davi machte nicht den Eindruck, als wollte er warten.

»Wenn wir jetzt zurücklaufen, verlieren wir Davi aus den Augen!«, war Elly sich sicher.

»Ja«, sagte Mike. »Aber wir können doch nicht Matti und Gabriel zurücklassen!«

»Stimmt!«, gab Elly zu.

Was sollten sie nur tun?

Die Banditen wüteten weiter gegen die Indianer, die sich ihnen mutig in den Weg gestellt hatten, aber mit ihren Pfeilen, Bogen und Blasrohren keinerlei Chance gegen die Gewehre der Banditen hatten. Sie wurden einfach über den Haufen geschossen wie Pappfiguren auf dem Jahrmarkt. Schon mehrere Tote lagen auf der Lichtung, auf der sie nur wenige Stunden zuvor noch so fröhlich gefeiert hatten.

»Wir müssen weg hier. Schnell!«, entschied Elly.

Wieder richtete einer der Banditen seine Waffe auf

einen Indianer. Keine zehn Meter von ihnen entfernt. Elly riss ihre Pistole hoch, zielte kurz und – schoss!

Die Gefahr war enorm groß, dass sie versehentlich einen der Indianer traf. Elly war schließlich keine geübte Schützin. Aber offenbar eine äußerst talentierte, was sie selbst noch nicht gewusst hatte. Jedenfalls traf sie. Zwar nicht dort, wo sie hatte treffen wollen, sondern statt in den linken Oberarm ins rechte Knie. Aber das genügte, um den Banditen außer Gefecht zu setzen und dem Indianer das Leben zu retten.

Elly atmete tief durch.

Der Indianer erledigte den Rest mit Pfeil und Bogen. Aber da hatte Elly ihren Blick schon abgewendet.

Und Mike rief: »Da sind sie!«

Er zeigte aufgeregt zur Hütte, aus der Matti und Gabriel vorsichtig herausschauten.

»HIERHER!«, brüllte Mike so laut er konnte.

Gabriel hörte ihn, tippte Matti an, zeigte auf Elly und Mike, und dann rannten die beiden auf sie zu.

»Gib ihnen Feuerschutz!«, rief Mike.

»Was?«, fragte Elly. »Was ist denn Feuerschutz?«

Mike riss Elly die Pistole aus der Hand, weil er nicht wusste, ob die Gewehre, die er trug, überhaupt geladen waren, und ballerte in die Richtung, aus der sich zwei Banditen aufmachten, die Indianer erneut anzugreifen. Sofort gingen die beiden kurz in Deckung. Dieser kleine Zeitraum genügte, damit Matti und Gabriel unversehrt bei ihnen ankommen und die Indianer mit ihren Blasrohren auf die Banditen schießen konnten.

Elly begriff, was Mike mit »Feuerschutz« gemeint hatte. Ebenso wie die Indianer. Die kleine Gruppe von fünf, sechs Kriegern, die noch übrig geblieben waren, schienen verstanden zu haben, dass sie mit ihren Pfeilen nicht viel ausrichten konnten, sich durch die Schüsse der Kinder aber eine kleine Zeitlücke eröffnet hatte, in der sie fliehen konnten. Einer von ihnen rief etwas. Auf Kommando drehten die Indianer um und liefen ebenfalls auf Elly und Mike zu.

»Los, weg hier!«, befahl Elly. Sie rannte mit Mike los, um Davi und seinen Freunden zu folgen.

Als sie zusammengefunden hatten, übernahmen die Erwachsenen das Kommando. Ein kurzes, kaum wahrnehmbares Zeichen eines erwachsenen Indianers genügte, schon flüchteten alle ins Dickicht des Dschungels und waren – verschwunden! Das Dorf überließen sie kampflos den Banditen, die sofort damit begannen, es niederzubrennen. Nur Mike, Elly, Matti und Gabriel standen ratlos und ängstlich da.

»Mist!«, stöhnte Gabriel. »Wo … Wo sind die plötzlich alle?«

»Die haben sich wieder unsichtbar gemacht«, stellte Mike fest. Nur sie vier standen herum wie Zielscheiben, die für die Banditen aufgebaut wurden.

»Ich glaube, die Gangster folgen uns im Moment

nicht«, stellte Elly mit einer gewissen Erleichterung fest.

Mit bitterer Miene stimmte Matti ihr zu: »Die sind zu sehr damit beschäftigt, die Hütten niederzubrennen. Ich glaube fast, das war das einzige Ziel ihres Überfalls.«

»Die Hütten abzufackeln?«, fragte Gabriel entgeistert.

»Die Indianer zu vertreiben«, erklärte Matti. »Um den Wald roden zu können.«

»Trotzdem«, warnte Elly. »Wir müssen auch verschwinden. Ich will denen nicht noch mal in die Hände fallen!«

»Aber wohin?«, fragte Gabriel. Im selben Moment schnellte eine Hand aus einem Busch wie die eines Geistes. Sie packte Elly und zog sie in den Busch hinein, schneller als Elly aufschreien konnte.

Mike konnte sich denken, was passiert war, er hatte etwas Ähnliches bereits mit Davi erlebt. Elly wurde bestimmt gerade auf den Boden gepresst, damit sie sich nicht bemerkbar machen konnte.

»Das waren bestimmt die Indi…«, wollte Mike gerade sagen. Da sauste wieder eine Hand aus einem Busch, die diesmal Mike griff und ihn ins Grüne hineinzog.

Matti und Gabriel erging es nicht besser.

Hinter dem Busch erkannte Mike, dass genau der

Indianer, den Elly mit ihrem Schuss gerettet hatte, jetzt ihren Kopf in die Erde drückte, damit man sie von außen nicht mehr entdecken konnte. Dann gab er ein Zeichen, dass sie schnellstens weiterziehen sollten. Die älteren Indianer liefen voraus, Mike, Matti, Elly und Gabriel folgten ihnen. Am Schluss gingen Davi und vier seiner Freunde. Niemand sprach mehr ein Wort.

Mit bewundernswerter Sicherheit lotste der Vordermann die anderen über schmalste Pfade, durch engste Lücken im Dschungeldickicht, schritt um jene Stellen herum, die offenbar wirklich undurchdringlich waren, um dann wieder einen neuen Pfad zu finden, der begehbar war. Und das alles ohne eine Machete zu benutzen, ja, Mike kam es fast so vor, als würde er nicht einmal einen Zweig umknicken oder einen Ast abbrechen. Im wahrsten Sinne des Wortes *spurlos* streiften sie ohne einen Laut durch den Wald. Mike war sich sicher: Kein Verfolger würde brauchbare Hinweise finden, um ihren Weg nachzuvollziehen.

Das Einzige, worüber sich Mike Sorgen machte, war, wo die anderen waren. Sechs Männer gingen voran, Davi und seine Freunde waren fünf. Das ergab in der Summe elf Indianer. Ein paar hatten die Banditen getötet. Aber wo war der Rest des circa fünfzig Personen zählenden Stammes geblieben?

So gern Mike die Antwort erfahren hätte, er traute sich nicht, in die Stille hinein zu fragen.

Plötzlich blieb der Vordermann stehen. Und tat – nichts!

Niemand tat etwas. Außer Mike, Matti, Gabriel und Elly, die sich unsicher und fragend umsahen.

Die Indianer rührten sich nicht. Sie standen auch nicht stramm, wie man es von Soldaten kannte, oder steif wie eingefroren. Nein, sie standen einfach nur da, bewegungslos, schauten geradeaus und taten – nichts.

Wie Pflanzen!, kam Mike in den Sinn. Sie hatten es sich vielleicht von den Bäumen abgeguckt und waren deshalb im Wald unsichtbar? Weil sie einfach eins wurden mit ihrer Umgebung. Es hätte nur noch gefehlt, dass sie sich verfärbten wie Chamäleons. Aber das brauchten sie gar nicht. Sie trugen noch ihre Bemalungen vom Fest. In den Farben der Jäger. Die Haut in einem dunklen, erdigen Rot, dazu braune und dunkelgrüne Streifen auf den Wangen und auf der Stirn, die Oberarme mit Federn geschmückt, aber ebenfalls in dezenten Farben, die in der Pflanzen- und Tierwelt um sie herum gleich hundertfach vorkamen. Mike war sich sicher: Als Mensch aus der Zivilisation – wie die Banditen – konnte man vermutlich lediglich nur einen Meter von ihnen entfernt in den Strauch hineinsehen und würde die Indianer trotzdem nicht bemerken.

Aber Mike hörte nun etwas: Gespräche, Rufe, Atmen und Schritte, die Äste knacken und Zweige knirschen ließen. Das alles hatten die Indianer vermutlich lange vor Mike wahrgenommen, weshalb sie sofort stehen geblieben waren.

Also doch! Die Banditen waren ihnen gefolgt.

Oder waren die Indianer im Kreis gelaufen, zurück zu ihrem Dorf? Das hielt Mike für unwahrscheinlich. Ebenso unwahrscheinlich war allerdings auch, dass die Banditen irgendeine Spur der Indianer aufgenommen hatten. Sie waren wohl eher einfach nur auf Gutdünken in irgendeine Richtung gegangen, um die geflohenen Indianer aufzuspüren. Und hatten nun tatsächlich Glück gehabt, dicht an ihnen dran zu sein.

Trotzdem blieben die Indianer völlig ruhig. Mike beobachtete, wie einer von ihnen sehr langsam und dadurch vollkommen geräuschlos sein Blasrohr in Stellung brachte, so wie Mike es bei der Jagd auch schon bewundert hatte. Diesmal aber hielt der Indianer die tödliche Waffe nicht schräg in die Höhe, um einen Affen vom Ast zu schießen, sondern waagerecht durch den Busch, hinter dem sie standen. Es folgte ein entschlossener Schuss, ein kurzer, abgebrochener Schmerzensschrei, schon herrschte wieder Stille.

Mike hatte niemanden gesehen, auf den der Indianer hätte schießen können, aber offenbar hatte er einen der Banditen getroffen. Vielleicht einen, der sich zu weit von seiner Gruppe entfernt hatte. Denn es folgten keine Rufe, keine Schüsse, keine Panik. Niemand schien ihn zu vermissen, niemand hatte die tödliche

Attacke mitbekommen. Wenn die Banditen wenige Meter weiter bemerkten, dass einer fehlte, würden sie ihren getöteten Komplizen wahrscheinlich schon nicht mehr finden. Fünf, sechs Schritte konnten in diesem Regenwald genügen, um nie wieder exakt die Stelle zu finden, an der man soeben noch gestanden hatte.

Nach wie vor regte sich niemand. Die Indianer warteten ab, bis genau das eingetreten war, was Mike schon vermutet hatte. Erst sehr viel später hörte Mike die Banditen rufen. Und obwohl er kein Portugiesisch sprach, war es offensichtlich, dass sie nun ihren Komplizen suchten.

Der Indianer setzte nun seinen Weg fort, ohne ein Kommando oder ein Zeichen zu geben. Er ging einfach weiter. Die anderen folgten ihm.

»Irre!«, flüsterte Gabriel Mike so leise wie möglich zu. »Drei von den Banditen haben die schon kaltgemacht.«

Mike horchte auf. »Drei?« Die Frage kam ihm lauter über die Lippen, als er gewollt hatte. Aber niemand störte sich daran. Mike hatte nur die Attacke auf diesen einen mitbekommen. Wann hatten sie die anderen zwei …?

Gabriel zeigte nach hinten. Am Schluss der Kette gingen nun nicht mehr nur Davi und seine vier Freunde, sondern zwei weitere erwachsene Indianer. Einer der beiden war der verwundete Fremde!

Mike begriff. Er hatte geglaubt, sie hätten sich vom Dorf gelöst und würden mit einer kleinen Gruppe fliehen, ohne die geringste Ahnung, ob sie die anderen vom Dorf je wiedertreffen würden. Das war ein gewaltiger Trugschluss gewesen. In Wahrheit zog offenbar das gesamte Dorf durch den Wald, aufgeteilt in verschiedene Gruppen, die voneinander wussten und untereinander irgendwie in Verbindung standen. Die Einzigen, die davon überhaupt nichts mitbekamen, waren die Weißen, wie Mike.

»Hast du eine Ahnung, wohin wir gehen und was wir jetzt machen?«, fragte Mike.

»Natürlich!«, antwortete Gabriel. »Sie suchen einen neuen Platz und bauen ein neues Dorf auf, vermutlich ein paar Tagesmärsche vom alten entfernt.«

»Aha!«, sagte Mike. »Und in welche Richtung gehen wir?«

»Die Himmelsrichtung weiß ich nicht. Aber ganz sicher tiefer in den Wald hinein«, antwortete Gabriel.

Rettung?

Die Indianer hatten alles verloren, was sie besaßen. Aber das schienen sie nicht in Besitztümern zu rechnen, wie ein Europäer das sicherlich getan hätte. Sie trauerten ihren Hütten, den Hängematten, Kochstellen und ihren selbstgebauten Werkzeugen anscheinend nicht allzu sehr nach. Alles, was sie zum Leben brauchten, bot ihnen der Regenwald und konnten sie erneut herstellen. Das taten sie vermutlich bereits seit langem. Mike las in seinem Survival-Buch, dass viele der indigenen Völker in den vergangenen Jahrzehnten zu Nomaden geworden waren, die immer dann alles stehen und liegen ließen und weiterzogen, wenn ihnen die selbstangelegten Gärten nicht mehr genug zu essen lieferten oder die Baufahrzeuge aus den Städten sich zu nah an ihre Dörfer in den Wald hineingefressen hatten. Es gehörte längst zu ihrem Alltag des Lebens und Überlebens.

Was sie hingegen zutiefst traf, so erzählten Matti

und Gabriel, war, dass man ihnen mehr und mehr den Lebensraum stahl. Seit Jahrhunderten lebten sie in diesen Wäldern. Sie gehörten zum Wald, so wie er zu ihnen gehörte. Ein Leben ohne Wald war für diese Völker undenkbar. Und doch wurden sie mehr und mehr vertrieben, man verjagte sie ein ums andere Mal aus ihren Dörfern, immer tiefer in den Wald hinein, während dort, wo sie zuvor gelebt hatten, der Wald dem Erdboden gleichgemacht wurde. Die Bäume wurden gefällt und verkauft. Vielerorts hinterließ man die Stellen einfach so verwüstet, wie sie waren. Oft und in zunehmendem Maße aber nutzte man die kahlgerodeten Gebiete für den illegalen Drogenanbau. Für die Indianer kam es fast aufs Gleiche raus. Für sie blieb immer weniger Lebensraum, die indigenen Völker wurden weniger. Sie waren dabei, auszusterben.

Gabriel berichtete, dass es bereits eine Vielzahl von Indianern gab, die notgedrungen versucht hatten, sich dem Leben in der sogenannten Zivilisation anzupassen, die in den Städten oder auf den Baustellen ihr Dasein fristeten, aber dort nie wirklich angekommen waren. Viele waren dort verarmt und dem Alkohol oder sonstigen Drogen verfallen. Sie vegetierten nur noch vor sich hin, träumten von den alten Zeiten in den Wäldern oder nahmen sich zuweilen sogar das Leben.

Nach offiziellen Zählungen und Schätzungen existierten nur noch etwa 200 bis 220 indigene Völker in Brasilien mit mittlerweile weit weniger als 1 Million Angehöriger.

Früher, vor dem Kontakt mit Europäern, bestand allein das größte Volk – die Guarani – aus mehr als 1,5 Millionen Angehörigen. Heute zählte dieses Volk gerade noch 30 000 Menschen.

Mike spürte die bedrückte Stimmung unter den Indianern.

Sie hatten sich tapfer zur Wehr gesetzt. Aber sie hatten keine Chance gehabt. Und diese Erkenntnis musste für sie eigentlich noch bitterer sein als die Vertreibung selbst. Denn sie spürten oder wussten vermutlich, dass sie keine Zukunft hatten. 52 Bewohner hatte das Dorf vor diesem Angriff gehabt. Elf hatten ihr Leben verloren. Jetzt waren es nur noch 41.

Mike wusste das, weil Davi es ihnen erzählte, indem er einfach die Anzahl der Personen in den Sand kritzelte. Jeder Indianer ein Strichmännchen. Mike wusste nicht, ob Davi wirklich Zahlen kannte. Er vermutete, eher nicht, oder nur wenige. Jedenfalls *zählte* er seine gezeichneten Figuren nicht, sondern er kannte jeden Einzelnen mit Namen und überprüfte einfach, ob er keinen vergessen hatte. Erst Matti hatte sie unter Davis staunenden Blicken durchgezählt und kam auf die Zahl 52. Davi löschte dann elf von ihnen. Aber auch hier löschte er nicht einfach elf Strichmännchen aus dem Sand, sondern wischte jede einzelne Person, die nicht mehr bei ihnen war, unter Nennung des Namens mit der Hand weg.

»Ich weiß nicht, wie sie hier normalerweise mit ihren Toten umgehen«, sagte Matti leise in die Runde. »Aber ich vermute, es macht ihnen sehr zu schaffen, dass sie ihre Seelen nicht verabschieden können, wie es sich gehört.«

»Seelen verabschieden?«, fragte Mike.

»Ja«, bestätigte Matti. »So wie wir unseren Piloten Luiz verbrannt haben, weil wir ihn nicht einfach liegen lassen wollten. Es gibt viele verschiedene Toten-Rituale bei den indigenen Völkern. Manche verbrennen die Leichen und essen die Asche, um die Verwandten in sich zu tragen. Manchmal werden sie nur verbrannt. Ich weiß nicht, ob manche sie auch beerdigen, so wie wir es meistens tun. Aber auch sie haben ihre Götter und sorgen in der Regel dafür, dass ihre Toten ins nächste Reich überführt werden. Jetzt aber mussten sie sie einfach zurücklassen. Ich denke, das schmerzt sehr.«

Die Gruppe hatte sich einen Platz gesucht, an dem alle übrig gebliebenen 41 zusammenkamen. Es war ein Feuer entzündet worden, um das sich das ganze Volk in einem großen Kreis versammelt hatte.

»Wir müssen es als große Ehre auffassen, dass wir hier bei ihnen sitzen dürfen«, erklärte Matti.

»Und ein großes Glück«, ergänzte Gabriel mit ernster Miene.

»Glück?«, fragte Elly nach.

»Nachdem sie von Männern überfallen wurden, die aus unserer Stadt kommen, können wir von Glück sagen, dass sie uns nicht umgebracht haben«, betonte Gabriel.

Mike musste schlucken. Daran hatte er überhaupt nicht gedacht. Aber Gabriel hatte natürlich recht.

»Sie könnten es immer noch tun«, gab Matti zu Bedenken.

Mike blickte zurück zu der Stelle, an der sie ihre Gewehre abgelegt hatten. Nur die Pistole trug Elly noch bei sich.

Bisher hatte keiner der Indianer etwas gesagt. Obwohl sie ihnen die Waffen zuvor abgenommen und sie versteckt hatten. Aber Davi und die anderen hatten mitbekommen, wie Mike und Elly die Waffen eingesetzt hatten, um die Indianer zu schützen. Davi und einem Älteren hatten sie so das Leben gerettet. Sie befanden sich nun gemeinsam auf der Flucht. Und im Kampf. Vermutlich durften sie deshalb ihre Waffen behalten.

»Ob wir hierbleiben?«, fragte Elly.

Matti wusste es nicht. Er hatte auch keine Ahnung, wo sie sich befanden. Das hatten sie auch vorher nicht gewusst. Aber nun wussten sie nicht einmal mehr, wie weit entfernt und in welcher Richtung das überfallene Dorf der Indianer lag.

Die Indianer hingegen wussten es mit Sicherheit sehr genau. Und wohl auch, wo sie jetzt hingehen und ein neues Dorf aufbauen wollten.

Matti versuchte, Davi diese Frage zu stellen. Doch er erhielt keine Antwort. Entweder wusste Davi es selbst nicht, oder er hatte die Frage nicht verstanden.

Da die Indianer sämtliches Hab und Gut bei ihrer Flucht liegen gelassen hatten, waren auch ihre Vorräte weg. Zum Glück hatten sie sich am Vorabend während des Festes noch richtig satt gegessen. Nie wäre es Mike zu Hause in Deutschland in den Sinn gekommen, auf Vorrat zu essen. Wenn er Hunger verspürte, war immer sofort und in ausreichendem Maße etwas zu essen griffbereit. Hier im Regenwald hatte er aber gelernt, dass jede Mahlzeit für einen längeren Zeitraum die letzte sein konnte. Darum stopfte er sich voll, wenn es die Gelegenheit dazu gab. Obwohl er spürte, dass ein Mensch nicht wirklich dazu geschaffen war, sich im Körper Vorräte anzulegen. Anders als Tiere. Er wusste von Zoobesuchen und auch aus der Schule, dass viele Tiere in der Wildnis manchmal monatelang nichts fraßen. Oft, weil sie nichts fanden, aber karge Zeiten trotzdem irgendwie überleben mussten. Manchmal auch, weil ihr Biorhythmus es ihnen so vorgab, zum Beispiel während des Winterschlafs. Der Mensch hingegen kommt nur sehr wenige Wochen ohne Essen aus. Das schien bei den Naturvölkern nicht anders zu sein. Jedenfalls bedeutete Davi ihnen, dass die Älteren jetzt auf die Jagd gehen würden.

»Nachts?«, wunderte sich Mike. Er zeigte zur Verdeutlichung in den Himmel, an dem die Sonne zügig unterging. In kürzester Zeit würde es stockfinster sein, wo der Schein des Lagerfeuers nicht hinreichte. Die Indianer besaßen keine Lampen. Wie sollten sie da jagen?

»Andererseits sind viele Tiere nachtaktiv«, sagte Elly. »Wenn die also einen abwechslungsreichen Speiseplan haben wollen, dann müssen sie wohl hin und wieder nachts jagen.«

»Aber wie sehen sie denn etwas?«, fragte Mike.

Dann beobachtete er, wie eine Gruppe von sieben Älteren sich erhob und in den angrenzenden Büschen verschwand.

Nun schaute auch Elly in den Himmel. »Noch ist es ja nicht völlig dunkel. Ein bisschen kann man noch sehen.«

»Ja«, stimmte Mike ihr zu. »Trotzdem irgendwie merkwürdig. Einige haben gar keine Waffen mitgenommen.«

Gabriel wollte es genauer wissen. Er lief der Gruppe ein paar Schritte hinterher und fragte sie auf Portugiesisch, wo sie hingingen und wie sie in der Dunkelheit jagen wollten. Doch er bekam keine Antwort. Entweder hatten die Indianer ihn nicht mehr gehört oder in diesem Moment einfach nur ignoriert, weil sie keine Zeit verlieren wollten. Schulterzuckend kehrte Gabriel zu den anderen zurück.

»Os homens coletam bagas«, sagte plötzlich eine Stimme.

Mike, Elly, Matti und Gabriel schauten sich um und rissen vor Staunen die Münder auf. Es war der fremde, verletzte Indianer, der zu ihnen gesprochen hatte. Mike wusste nicht, worüber er sich mehr wundern sollte: dass der Indianer überhaupt hier war oder dass der Fremde gerade Portugiesisch gesprochen hatte. Mike hatte zwar den Satz nicht verstanden, aber so viel wusste er: Das eben war keine Stammessprache gewesen, sondern Portugiesisch. Die anderen waren ebenso verwirrt. Entsprechend polterten ihre Fragen durcheinander:

»Sie sprechen Portugiesisch?«, wunderte sich Gabriel.

»Was hat er gesagt?«, fragte Elly.

Gabriel übersetzte die Aussage des Fremden: »Die Männer sind nicht auf Jagd gegangen, sie sammeln Beeren.«

»Ach so! Gut«, kommentierte Mike.

Gabriel fragte den Mann erneut, aber diesmal auf Portugiesisch, woher er Portugiesisch konnte.

»Eu Pyata«, sagte der Mann. »Yanomami.«

»Er ist ein Yanomami!«, übersetzte Gabriel. Aber das hatten die anderen auch verstanden.

Pyata machte eine weit ausholende Geste und sagte: »Tudo Yanomami!«

Matti schaute hinüber zum Lagerfeuer, dann zum Busch, in dem die Beerenpflücker verschwunden waren, anschließend wieder zurück. »Ich glaube, er will sagen: Das alles hier, der ganze Stamm sind Yanomami!«

»Ich verstehe!«, sagte Matti und erklärte es seinen Freunden. »Es gibt viele verschiedene Yanomami-Stämme. Das haben wir in der Schule gelernt. Manche leben in enger Verbindung mit der Zivilisation, andere hatten noch nie Kontakt mit ihr. Dies ist hier offenbar ein Stamm, der fast noch nie Kontakt hatte. Er kommt von einem anderen. Deshalb kann er ein wenig Portugiesisch.«

Pyata erzählte in gebrochenem Portugiesisch, dass er sich von seinem großen Stamm getrennt hatte und wieder in den Wald zurückgekehrt war, zusammen mit etwa dreißig anderen. Die aber hatten dasselbe Schicksal erlitten wie dieser Stamm in der letzten Nacht. Allerdings mit noch schlimmeren Folgen. Er war der einzige Überlebende.

Matti, Elly und Mike hörten Gabriels Übersetzung verstört und ehrfürchtig zu. Es war zu furchtbar, was der Mann erlebt hatte. Und war er ganz allein auf sich gestellt gewesen. Zu seinem Glück war er – ebenso wie Mike und seine Freunde – auf diesen Stamm gestoßen, der ihn verarztet hatte.

Pyata sagte, auch er müsse nun los und etwas Nahrung suchen. Er wäre es dem Volk schuldig, dass er sich beteiligt, jetzt, da er wieder halbwegs gesund sei.

Mit diesen Worten stand er auf, huschte in den Wald und war schon nach zwei, drei Schritten nicht mehr zu sehen.

Mike blickte ihm nach.

»Er kommt zurück«, beruhigte Matti die anderen. »Und wir haben endlich einen Dolmetscher!«

»Wie hieß er gleich? Pyata? Hab ich das richtig verstanden?«

»Ja«, bestätigte Matti. »Aber ich meine, mal gelesen zu haben, dass die Yanomami sich gar nicht beim Namen nennen. Die sagen eher: *Ich bin der Freund deines Bruders* oder so.«

»Das ist ja ziemlich umständlich«, befand Mike und wandte ein: »Aber Davi hat sich uns doch auch gleich mit Namen vorgestellt.«

»Ja.« Das war Matti auch aufgefallen. »Wer weiß?«, mutmaßte er. »Vielleicht nur für uns?«

»Jedenfalls kann uns Pyata noch mehr helfen als nur nur übersetzen«, sagte Elly.

»Was meinst du?« Ihr Bruder verstand nicht.

»Er hatte Kontakt zur Zivilisation«, erinnerte Elly die anderen an das, was Pyata ihnen gerade eben erzählt hatte. »Klickert es nicht bei euch? Sein ursprüngliches Volk hat Kontakt zur Zivilisation! Und ich wette, er kann sein ursprüngliches Volk jederzeit wiederfinden, wenn er will.«

Jetzt begriff auch Mike. »Du meinst …?«

Elly nickte heftig: »Pyata kann uns hier rausbringen. Nach Hause! Er ist unsere Rettung!«

Aufbruch?

Mike grübelte. Wenn manche indigenen Völker nur noch aus ein oder zwei Personen bestanden, wieso schlossen sich die übrig gebliebenen Indianer nicht einem anderen Stamm an? Kannten sie keine anderen, wollten sie es nicht? Oder durften sie es vielleicht nicht? Möglicherweise verboten irgendwelche alten Traditionen, den Stamm zu wechseln? Aber galt das auch, wenn ihr ursprünglicher Stamm nicht mehr existierte? Mike stellte sich die Frage, weil nun der fremde Indianer aufgetaucht war. Würde der überhaupt bereit sein, sie zurück in die Zivilisation zu führen? Oder wollte er lieber bei dem neuen Stamm bleiben und möglichst weit weg von den Männern mit den Gewehren tief im Wald verschwinden? Mike würde es ihm nicht verdenken. Er erzählte den anderen von seinen Gedanken und fragte: »Meint ihr, wir könnten ihn bitten, uns nach Hause zu bringen? Als Guide durch den Dschungel sozusagen?«

»Das wäre prima!«, stimmte Elly ihrem Bruder zu. Und obwohl diese Idee ursprünglich von ihr selbst kam, äußerte sie Bedenken, den fremden Indianer gewissermaßen als ihren Reiseführer zu missbrauchen. »Andererseits«, ergänzte sie, »geht es um unser Überleben. Vielleicht ist er unsere einzige Chance, jemals wieder nach Hause zu finden.«

Gabriel machte ein ernstes Gesicht und nickte Elly zu: »Du hast recht. Aber bisher ist es nur eine Vermutung von uns, dass er den Weg in die Zivilisation kennt.«

»Und wenn er ihn kennt, dann wird er vielleicht lieber in die entgegengesetzte Richtung laufen. Wir dürfen nicht vergessen: Wir wollen ihn fragen, uns dorthin zu bringen, von wo die Mörder kommen, die seinen Stamm ausgelöscht haben!«

»O Mann!«, stöhnte Elly. »Du hast recht. Also ich traue mich nicht, ihn darum zu bitten.«

»Ich auch nicht«, verkündete Mike schnell.

Gabriel blickte hoffnungsvoll seinen großen Bruder an. Doch bevor er antworten konnte, stand Davi wieder bei ihnen. Er hockte sich hin und legte eine Handvoll Beeren vor den Kindern ab.

»Danke!«, sagte Elly gerührt.

»Dange!«, wiederholte Davi und zeigte wieder sein bekanntes Lächeln, was Mike zutiefst beeindruckte. Er stellte sich vor, irgendwelche Banditen würden sein

Zuhause überfallen, das Haus seiner Familie abbrennen und noch ein paar Verwandte töten. Und anschließend auf der Flucht würde ihm, Mike, nichts anderes einfallen, als Essen für die Nachbarn zu besorgen.

Voller Ehrfurcht griff er sich eine Frucht, die er zuvor noch nie gesehen hatte, und biss hinein. Sie schmeckte köstlich.

»Mhhh. Gut!«, schwärmte Mike.

Auch das wiederholte Davi: »Mmmmmgut!«

Es war unverkennbar. Davi zeigte eindeutig Interesse, die Sprache der fremden Kinder zu lernen. Sosehr Mike sich darüber freute, dass Davi sie offenbar als seine neuen Freunde ansah, so sehr bedrückte ihn der Gedanke zugleich. Sie hatten darüber gesprochen, wie es den Indianern ergangen war, die versucht hatten, sich nett und freundlich mit den Weißen aus den großen Städten zu arrangieren. Es hatte zu nichts geführt. Vermutlich wäre es besser für Davi und seinen Stamm, weiterhin jeglichen Kontakt zu den Weißen zu meiden und ihr Leben zu leben, solange es irgendwie ging. Mike bekam ein richtig schlechtes Gewissen, dass sie sich von den Indianern helfen ließen. Ihm wurde in diesem Moment bewusst, dass sie so schnell es irgend ging, von hier verschwinden sollten, um weiter auf eigene Faust den Weg nach Hause zu suchen. Aber noch hatten sie von dem Stamm nicht genug gelernt, um im Dschungel zu überleben.

Mike schaute Davi in die Augen und fasste einen Entschluss. Er griff in die Erde und schmierte sich zwei Streifen der feuchten Erde über die Wangen, um so die Gesichtsbemalung der Jäger nachzuahmen. Wenn sie schon blieben, dann wollte Mike ein Indianer sein und dies auch deutlich zeigen.

Gabriel schaute Mike verwundert an. Elly verstand die Geste ihres Bruders sofort und machte es ihm nach. Auch sie strich sich Erde ins Gesicht.

Davi lächelte sie freundlich an, erhob sich und ging.

Mike und Elly schauten sich unsicher an.

»Haben wir ihn jetzt beleidigt?«, fragte Elly.

Mike hoffte, nicht. Genau das Gegenteil war ja seine Absicht gewesen. Aber Davi kehrte schnell wieder zurück, diesmal in Begleitung des fremden Indianers. Davi reichte Mike ein kleines Schälchen. Mike konnte erst nicht erkennen, worum es sich handelte.

Der fremde Indianer erklärte es auf Portugiesisch.

»Das ist Farbe«, übersetzte Gabriel. »Die, mit der sie sich selbst schmücken.«

Mike bedankte sich bei Davi mit einem freundlichen Kopfnicken.

»Wow!«, sagte er nur.

Davi wiederholte es. »Wau!«

Der fremde Indianer kannte das Wort nicht und fragte nach, was »Wau« bedeuten sollte.

Gabriel schaute ratlos seinen großen Bruder an.

Matti lachte und übersetzte den Ausruf einfach mit: »Es ist uns eine große Ehre!«

»Stimmt!«, pflichtete Elly ihm bei. »Sie erkennen uns als Freunde ihres Stammes an.«

Doch es war mehr als das. Der fremde Indianer erklärte ihnen, dass es eine besondere, festliche Farbe sei. Eine große Feier stand bevor: das Pequifest.

»Ein Fest?«, fragte Mike nach, weil er glaubte, sich verhört zu haben. »Aber der Stamm hat gerade alles verloren und wurde aus seinem Dorf verjagt. Und dann feiern sie?«

»Die Pequipflanze ist die wichtigste Lebensgrundlage des Stammes«, übersetzte Matti die Erläuterung des fremden Indianers. »Mit dem Fest wird für die Ernte der Früchte gedankt. Das können sie nicht absagen, weil dann ihrer Meinung nach die nächste Ernte ausfallen würde.«

»Und deshalb feiern sie ihr Dorffest, obwohl sie kein Dorf mehr haben?«, wunderte sich auch Elly.

»Natürlich!«, antwortete Matti. »Und wir können davon ausgehen, dass sie dort, wo sie sich niederlassen, um zu feiern, auch ihr neues Dorf bauen werden.«

»Wann ist das Fest?«, wollte Mike wissen.

Matti fragte bei dem fremden Indianer nach. Und es stellte sich nach einigem Hin und Her heraus, dass es wohl in zehn Tagen so weit sein würde. Zehn Tage also, die die Indios Zeit hatten, einen geeigneten Platz zu finden, an dem sie ihr neues Dorf aufbauen konnten, möglichst weit weg von den Banditen.

»Es heißt«, erzählte Matti weiter, »dass sie schon wissen, wo sie hinwollen. Der Ort liegt in der Nähe von Wasser, und es wachsen einige Pequibäume dort. Sie werden wieder eine Fläche roden, um genügend Platz für die Hütten, die Ocas, zu haben, die sie bauen müssen. Sie werden wieder einige Pflanzen selbst anbauen. Gleichzeitig laufen aber die Vorbereitungen für das Fest. Sie werden sich schmücken und sich auf die Wettkämpfe vorbereiten.«

»Wettkämpfe?«, fragte Mike.

»Huka-Huka«, antwortete Matti. »Eine Art Ringkampf.«

Mike winkte ab. »Das ist nichts für mich.«

Matti lachte. »O doch, du wirst teilnehmen!«

Mike sah verwundert auf. »Wie kommst du darauf?«

Matti erklärte: »Die Farbe, die Davi dir gegeben hat. Sie ist dafür gedacht, dich als Huka-Huka-Kämpfer entsprechend zu bemalen.«

»O nein!«, jammerte Mike.

Davi lächelte ihn an. Mike sah keine Möglichkeit, diesem Kampf zu entkommen. Er lächelte gequält und zischte den anderen zu: »Na super! Hoffentlich verletze ich mich dabei nicht.«

»Deswegen das Training«, erläuterte Matti.

»Training?« Erneut fuhr Mike hoch. »Was für ein Training?«

Davi ging auf Mike zu und zog ihn am Arm aus seiner sitzenden Position heraus.

»Das Training, das jetzt beginnt«, feixte Matti. »Viel Glück!«

Mike und Davi knieten sich gegenüber und legten ihre Hände auf die Schultern des Gegners. Dann erhoben sich beide, und damit begann der Kampf.

»Jetzt musst du ihn zu Fall bringen!«, rief Matti Mike zu.

»Aber wie …?«, fragte Mike, aber da griff Davi ihn schon von hinten an die Oberschenkel, stieß ihn und brachte ihn damit zu Fall.

»So!«, lachte Matti.

Mike wollte gerade wieder aufstehen. »Ich wusste nicht …«

»Der Kampf ist zu Ende«, erklärte Matti ihm.

Davi ließ sich von seinen Jungs bereits entsprechend feiern.

»Zu Ende?«, wunderte sich Mike. »Das hat doch nur ein paar Sekunden gedauert!«

»Ziel ist es, den Gegner zu Fall zu bringen«, sagte Matti. »Du bist nach wenigen Sekunden umgekippt.«

Mike verzog das Gesicht. »Revanche!«, forderte er.

Doch Matti wusste nicht, ob das vorgesehen war.

»Bestimmt wird es aber noch einige Trainingseinheiten geben.«

»Mädchen dürfen nicht mitmachen, oder?«, fragte Elly.

Matti schüttelte den Kopf.

»Dachte ich mir.« Nun war auch Elly nicht mehr begeistert.

»Das nächste Mal bin ich besser vorbereitet«, versprach Mike.

»Aber jetzt wird es Zeit zum Schlafen«, mahnte Matti. »Ich nehme an, sowie die Sonne aufgeht, ziehen wir weiter.«

»Wo sollen wir schlafen?«, fragte Mike. Sie hatten das Dorf verlassen, besaßen keine Hütten mehr und keine Hängematten.

Gabriel zeigte rüber zu den Indianern. Sie hatten sich familienweise auf dem Boden in der Nähe des Feuers zusammengekauert. »So wie wir auch die ganze Zeit«, sagte Elly. »Bevor wir auf die Indianer getroffen sind.«

»Ja«, sagte Mike geknirscht. »Es ist das zweite Mal, dass wir unser Zuhause verloren haben.« Er rückte dichter an seine Schwester heran, damit sie sich nebeneinanderlegen konnten. Matti und Gabriel legten sich daneben.

»Du hast recht«, stimmte Elly ihrem Bruder zu. »Irgendwie ist das Indianerdorf in so kurzer Zeit zu einem kleinen Zuhause geworden, obwohl wir sie nicht verstehen.«

Mike spürte, dass seine Schwester mit einem Mal sehr still geworden war.

»Hast du irgendwas?«, fragte er.

»Nein«, antwortete Elly. Aber ihre Stimme klang heiser, und Mike meinte, im Schein des Feuers bei Elly feuchte Augen zu erkennen. »Weinst du?«

»Nein«, antwortete Elly. Und heulte los.

Mike schreckte auf. »Was hast du?«

Auch Gabriel und Matti wurden hellhörig und schauten sorgenvoll auf Elly.

»Bist du wieder krank?«, fragte Gabriel.

Elly schüttelte den Kopf, schniefte, wischte sich den Rotz mit dem kurzen Ärmel ihres T-Shirts ab. Taschentücher hatten sie schon lange nicht mehr.

»Es ist nur …«, begann Elly stotternd. »Der Mann …«

Sie legte eine Pause ein, in die Mike hineinfragte: »Welcher Mann?«

»Ich hab ihn erschossen!«, sagte Elly mit leidender Stimme.

Mike verstand. Vom Moment des Überfalls bis jetzt war so viel Aufregung und Hektik gewesen, dass Elly gar nicht dazu gekommen war, über das Erlebte nachzudenken. Jetzt, da sie endlich ein wenig Ruhe gefunden hatten, kamen alle ihre Gefühle hoch.

»Du hast dem fremden Indianer und Davi das Leben gerettet!«, erinnerte Mike sie.

»Und die Indianer wissen das und ehren dich sogar dafür!«, ergänzte Matti

Elly nickte. »Weiß ich. Aber trotzdem: Ich habe einen Menschen erschossen!«

»Einen üblen Banditen, der uns erschießen wollte«, korrigierte Mike. Doch Elly blieb dabei: »Trotzdem. Einen Menschen! Das ist schrecklich!«

Die Jungs schwiegen. Sie wollten Elly trösten, aber ihnen fehlten die passenden Worte. Niemand von ihnen hatte zum Glück je die Erfahrung machen müssen, jemanden zu erschießen.

»Es ist …«, setzte Elly leise von neuem an. »Ich hab das Gefühl, kurz bevor ich abgedrückt habe, hat er mich angesehen. Dann hab ich abgedrückt, und er ist umgefallen. Ich werde sein Gesicht nie vergessen! Und auch nicht, wie er umgefallen ist. Einfach so!«

Mike hatte die Szene auch noch sehr deutlich vor Augen. Dass der Mann Elly angeschaut haben soll, hatte er allerdings nicht so wahrgenommen. Mike griff stumm nach der Hand seiner Schwester und drückte sie brüderlich. Elly ließ das gern zu.

»Ich meine, der war doch auch mal klein, hatte irgendwelche Träume und Ziele, so wie wir«, erzählte Elly weiter. »Und dann wurde er erwachsen und …«

»… und wurde ein Verbrecher«, ergänzte Matti.

Das tröstete Elly aber nicht. »Wer weiß?«, entgegnete sie. »Wir haben die Banditen in ihrem Lager doch gesehen. Manche müssen wahrscheinlich mitmachen, um ihre Familien zu ernähren. Vielleicht war dieser Mann auch einfach nur ein Familienvater, und ich habe ihn …« Sie mochte das letzte Wort nicht mehr aussprechen.

»Niemand hat das Recht, Indianer zu überfallen, ihre Hütten niederzubrennen und Männer, Frauen und Kinder zu ermorden. Egal, ob Familienvater oder nicht!«, stellte Matti klar.

»Aber ich habe auch nicht das Recht, jemanden zu töten!«, widersprach Elly.

»Es war Notwehr!«, wandte Mike ein. »Ich hab's doch genau gesehen. Erst hat er einen Indianer erschossen, dann auf Davi gezielt. Wenn du nicht geschossen hättest, wäre Davi jetzt tot. Und wir vielleicht auch!«

»Ich weiß«, räumte Elly ein.

»Na also!« Für Mike war die Sache damit eigentlich klar.

Für Elly nicht. »Trotzdem«, sagte sie. »Es ist furchtbar, auf einen Menschen zu schießen. Ich will das nie wieder tun müssen!«

»Das verstehe ich«, versicherte Matti. »Es war trotzdem notwendig, dass du es getan hast.«

»Außerdem ist es gar nicht sicher, dass er tot ist«, fiel Mike ein. »Du hast ihn getroffen. Er ist umgefallen. Wir sind weggelaufen. Es ist gut möglich, dass er überlebt hat und nur verletzt ist!«

»Das stimmt«, pflichtete Matti ihm bei. »Das ist sogar wahrscheinlich. Dass du als ungeübte Schützin mit einem einzigen Schuss gleich tödlich triffst, ist sogar sehr unwahrscheinlich. Ich meine, Scharfschützen in der Armee und so, die trainieren das richtig.«

Elly schöpfte ein klein wenig neue Hoffnung. »Meinst du?«

»Aber sicher!«, versprach Matti. »Bestimmt hat der Typ verletzt überlebt.«

Elly war nicht sicher, ob sie das glauben sollte. Aber sie wusste, dass sie es glauben *wollte*. Vielleicht würde der Glaube, dass der Mann noch lebte, sie für den Rest ihres Lebens vor bösen Träumen bewahren? Entschlossen sagte sie: »Trotzdem. Ich möchte nie wieder auf einen Menschen schießen müssen!«

»Das ist in Ordnung«, gestand Matti ihr zu.

Nur Mike war nicht so ganz einverstanden. »Aber wenn unser Leben so bedroht ist wie vorhin, dann muss man sich schützen, finde ich!«

Elly äußerte sich nicht mehr dazu. Es war alles gesagt, fand sie und war bereit, sich an die Hoffnung zu klammern, dass der Mann, auf den sie geschossen hatte, nicht tot war.

Das große Feuer in der Mitte der kleinen Lichtung war schwächer geworden, aber immer noch groß genug, dass es ihnen Licht, Wärme und Sicherheit vor wilden Tieren spendete. Rings um das Feuer hatten sich die Indianer niedergelassen. Mike und seine Freunde bildeten einen Teil des Kreises. Dicht bei ihnen lagen Davi und seine Freunde, von denen Mike immer noch nicht wusste, wer eigentlich Freund und wer vielleicht Bruder war. Vielleicht hatte Davi auch Schwestern, aber den ganzen Tag lang unternahmen sie nichts zusammen. Die Mädchen waren für sich, die Jungen auch, so wie die Erwachsenen auch getrennt ihren Aufgaben nachgingen. Allerdings, räumte Mike für sich ein, hatte er in der kurzen Zeit die Indianer auch nur bei ihren alltäglichen Aufgaben gesehen. Dann waren sie schon überfallen worden und auf der Flucht gewesen. Ein reines Freizeitvergnügen, wie Mike es von zu Hause kannte, hatte er noch nicht mitbekommen. Er fragte sich, was die Kinder hier spielten. Spielzeuge hatte er keine gesehen. Vermutlich gehörten Jagen und bestimmte Dinge zu bauen, die sie benötigten, zu ihrem Spiel. Vielleicht gingen sie auch schwimmen, was ihn wieder auf eine neue Frage brachte: »Ich bin gespannt, ob wir morgen endlich mal zu einem Gewässer kommen.«

»Ja!«, antwortete Matti. »Und zwar hoffentlich zu einem, das uns zum Hauptfluss des Amazonas führt, damit wir auf Rettung stoßen.«

»Meint ihr, in dem Wasser hier kann man schwimmen? Ich hätte echt mal das Bedürfnis, mich zu waschen«, flüsterte Elly. Im gesamten Lager war es so leise geworden, dass sie niemanden mit ihrem Gerede stören wollte. Elly hatte das Gefühl, seit diesem Zwischenfall mit dem – hoffentlich nicht tödlichen – Schuss hatte sie ein noch größeres Bedürfnis, sich zu waschen. Als ob sie sich die Schuld, die sie noch immer im Verborgenen spürte, damit von ihrer Haut spülen könnte.

»Ich nehme an, die Indianer schwimmen darin«, antwortete Matti.

»Und wir nicht?«, wunderte sich Elly über Mattis seltsame Antwort.

»Es gibt Alligatoren im Amazonas-Gebiet. Für uns ein wenig ungewohnt, oder?«

Mike spürte regelrecht, wie Elly schlucken musste.

»Alligatoren?«, wiederholte Gabriel. »Äh … na ja … Also ich finde, so wichtig ist das Waschen auch nicht!«

Matti und Mike kicherten. Dann schliefen sie recht bald ein.

Feuer!

Kurz, nachdem Mike eingeschlafen war, riss ihn ein greller Blitz aus dem Schlaf, als hätte ihn jemand mit einem Blitzlicht aus unmittelbarer Nähe fotografiert, gefolgt von einem gewaltigen Donner. Mike schreckte hoch, schaute sich um, da kam schon der nächste Blitz, der das gesamte Lager für eine tausendstel Sekunde ausleuchtete. Ein Bild, das vor Mikes Augen noch für eine Millisekunde stehen blieb, obwohl der Blitz längst erloschen war und dem nächsten ohrenbetäubenden Donner seinen Auftritt überließ. Der Donner folgte so kurz auf den Blitz, dass klar war: Das Gewitter befand sich unmittelbar über ihnen. Auch Elly, Gabriel und Matti waren aus dem Schlaf gerissen worden.

»Meine Güte!«, hauchte Elly. »Was war das? Das war doch mehr als ein Donner, oder nicht?«

Im nächsten Augenblick entdeckte Mike einen

BLITZSCHLAG

Gerät man in freier Wildbahn in ein Gewitter, so ist es wichtig, sich vor Blitzen zu schützen. Einige der bekannten Tipps stimmen aber nicht so ganz. Daher hier ein paar wichtige Hinweise:

1. Hinhocken ist auf jeden Fall die beste Position. Nicht hinlegen! Sonst berührt der Körper großflächig den Boden und bietet somit eine große Angriffsfläche für den Blitz. Auch stehend stellt man ein erheblich höheres und damit besseres »Ziel« für den Blitz dar, als wenn man sich hinhockt und nur mit den Fußsohlen den Boden berührt.

2. Schutz in einer Höhle sollte man nur suchen, wenn die Decke und die Wände mindestens 1,50 Meter von einem entfernt sind.

3. Eine natürliche Wand, Erhebung oder einen Hügel kann man als Schutz nutzen. Dabei gilt die Faustregel: Die Erhebung sollte mehr als 8 Körperlängen hoch sein. Wenn das der Fall ist, kann man sich im Abstand von 2 Metern davorhocken.

4. Man kann sich auch in eine Grube hocken. Sie sollte aber mindestens 1,50 Meter tief sein.

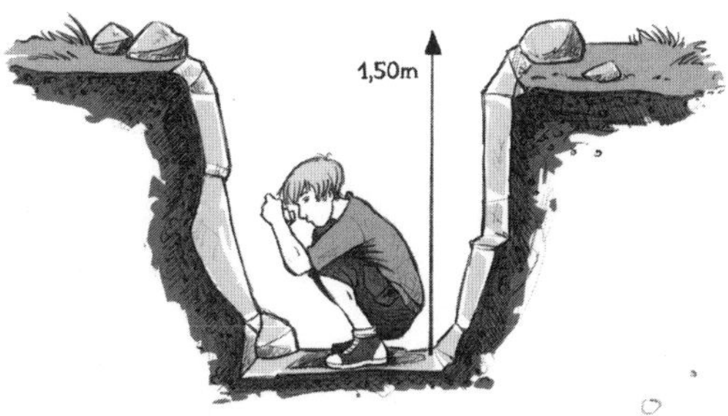

Wichtig ist auch, sämtliches Metall vom Körper zu entfernen: Also auch keine Hausschlüssel oder Geldbörse mit Münzen bei sich behalten, sondern weg vom Körper legen. Achtung: Auch Smartphones enthalten Metall, ebenso Regenschirme! Außerdem sollte man seinen Schmuck ablegen. Wenn man zu mehreren Schutz sucht, sollten alle mindestens einen halben Meter Abstand zum Nachbarn bewahren. Händchenhalten verboten!

Lichtschein. Zwar glomm das Feuer in der Mitte der Lichtung noch, aber daher kam das Licht nicht.

»Seht mal!« Gabriel zeigte in den dunklen Regenwald hinein, doch irgendwie schien ein flackerndes Licht hindurch …

»Das ist Feuer!«, entfuhr es Matti. »Es brennt!«

»Hat sich das Feuer von dem niedergebrannten Dorf ausgebreitet?«, fragte Elly.

»Das kann ich mir nicht vorstellen«, erwiderte Matti. »Die Banditen haben die Hütten bewusst niedergebrannt und werden sicher geübt darin sein, das Feuer unter Kontrolle zu halten.«

»Warum brennt es dann dort?«, hakte Mike nach.

»Blitzeinschlag!«, lautete Mattis Antwort.

»Verdammt!«, fluchte Gabriel. »Wir müssen die anderen warnen!«

Das fand Mike auch. Denn erst jetzt bemerkte er, dass sie die Einzigen waren, die durch das Gewitter aufgeschreckt worden waren. Alle Indianer schliefen. Wie war das möglich? Sie waren doch nicht betäubt oder so. Hier und da drehte sich einer der Indianer um, andere rekelten sich. Wieder andere schauten kurz auf, wohl, weil sie der Lärm des Donners und des Blitzeinschlags doch geweckt hatte, aber sie drehten sich unbekümmert wieder um und schliefen weiter.

Mike war fassungslos. Man konnte doch nicht einfach weiterschlafen, wenn der Wald brannte! In kürzester Zeit würde das Feuer sie erfasst haben! Sie mussten aufbrechen und vor dem Feuer fliehen. Denn es bestand wohl kaum eine Chance, das Feuer von Hand zu löschen. Selbst, wenn es Wasser in der Nähe gab.

Gabriel war längst aufgesprungen. »Fogo!«, rief er auf Portugiesisch. »Fogo!« Und dann auf Deutsch: »Feuer! Feuer!«

Einige Indianer hoben jetzt ihre Köpfe. Auch Davi.

Erstaunt schaute er zu den Stadtkindern, schüttelte verständnislos den Kopf, legte den Zeigefinger auf die Lippen, um ihnen zu bedeuten: Pst! Leise sein! Die Leute schlafen!

»Hä?«, wunderte sich Gabriel. »Leute! Es brennt!«

Gabriel war wie die anderen drei längst aufgesprungen. Elly war schon wieder dabei, ihre wenigen Besitztümer zusammenzuklauben, um möglichst schnell von hier verschwinden zu können. Es war fast schon unheimlich, dass außer ihnen niemand Anstalten machte, vor dem Feuer zu fliehen.

»Was ist nur mit denen los?«, fragte Gabriel verzweifelt.

»Egal!«, befand Elly. »Wir müssen weg hier, bevor es zu spät ist.«

»Elly hat recht!«, stimmte ihr Matti zu. »Wenn das Feuer näher kommt, schließt es uns vielleicht schneller ein, als wir denken, und dann kommen wir nicht mehr raus.«

Matti wollte gerade losmarschieren und die kleine Vierergruppe anführen, als plötzlich Davi und der fremde Indianer vor ihnen standen.

»Wohin?«, fragte der Fremde auf Portugiesisch.

Matti erläuterte es ihm, wobei er immer wieder aufgeregt und nervös auf das Feuer zeigte, das tatsächlich größer geworden war und näher rückte.

»Habt ihr denn gar keine Angst vor dem Feuer?«, fragte Matti am Abschluss seiner Erläuterungen.

Der fremde Indianer übersetzte Mattis Ausführungen für Davi in aller Ruhe. Und auch Davi sagte etwas, was nun wieder der Fremde ins Portugiesische und Matti für Elly und Mike ins Deutsche übersetzte: »Das Feuer kam vom Gewitter!«

Elly und Mike warteten, weil sie dachten, da käme noch etwas.

»Was?«, hakte Elly nach. »Mehr nicht? Das wissen wir doch. Will der Stamm sich nicht in Sicherheit bringen?«

Wieder die umständliche Übersetzungsreihe, ehe die nächste Antwort von Davi bei ihnen ankam: »Auf Gewitter folgt Regen!«

Mehr sagte er nicht. Dann drehte Davi ihnen den Rücken zu und verschwand in den Büschen. Die vier Stadtkinder schauten ihm staunend hinterher.

»Was denn nun?«, fragte Gabriel. »Haut der jetzt alleine ab?«

»Der kommt wieder!«, war Mike sich sicher. Obwohl er auch keine Idee hatte, was Davi jetzt wohl in den Büschen zu suchen hatte. Da kehrte er bereits zurück. Mit einem Bündel großer Palmenblätter in den Händen.

»Was soll das?«, fragte Mike.

»Auf Gewitter folgt Regen!«, wiederholte Davi und verteilte die Palmenblätter an die vier Kinder.

Kaum hielt jeder der vier sein großes Palmenblatt in Händen, ohne zu ahnen, was sie damit anfangen sollten, bemerkte Gabriel: »Ich glaube, ich habe einen Tropfen abbekommen!«

Die vier schauten hinauf in den Himmel, aber da war nichts zu sehen außer schwarz.

In der nächsten Sekunde ging es los. Auf die Lichtung prasselte ein Regenguss, wie die vier Kinder ihn noch nie erlebt hatten. Noch nicht mal hier im Urwald, wo sie schon einige heftige Regenfälle mitgemacht hatten.

Als wollte er sagen: »Hab ich doch gewusst!« lächelte Davi die Kinder an, machte eine Geste, die bedeuten sollte, dass sie sich mit den Palmenblättern vor dem Regen schützen sollten, und – legte sich wieder hin.

Das Feuer in der Mitte der Lichtung war sofort erloschen und dampfte nur noch vor sich hin. Und auch der große Waldbrand in der Ferne hatte deutlich abgenommen und war nur noch als schmaler Lichtschein wahrzunehmen, in den folgenden Minuten erlosch er. Die Kinder standen in völliger Dunkelheit und komplett durchnässt da. Kein einziger Stern durchdrang die dicken schwarzen Gewitterwolken. Man sah die Hand vor Augen nicht, geschweige denn den Freund neben sich.

»Das ist ihre natürliche Feuerwehr«, kommentierte Matti. Er musste deutlich lauter sprechen als eben noch, weil die tosenden Regenmassen so laut niederprasselten.

»Sie wissen einfach, dass der Regen nach den Blitzen kommt, und können sich drauf verlassen.«

»Deshalb wurde niemand nervös!«, begriff nun auch Mike.

»Schon irre«, fand Elly. »Die sehen ein Feuer, und was machen sie? Holen sich sofort einen Regenschutz aus dem Wald.«

Denn jetzt erkannten sie, dass sie die Einzigen waren, die nicht auf die Regenzeit, die mittlerweile angebrochen war, vorbereitet gewesen waren. Alle anderen Indianer hatten offenbar unbemerkt von den Kindern Palmenblätter und andere belaubte Zweige und Äste in Reichweite deponiert. Jetzt lagen sie alle darunter, um nicht völlig frei und ungeschützt dem Regen ausgesetzt zu sein. Deshalb hatte Davi den Kindern schnell ein paar Blätter besorgt, unter denen sich Mike und

Elly sowie Matti und Gabriel jetzt paarweise zusammenkauerten.

»Gute Nacht!«, sagte Matti.

Aber Mike konnte an Schlaf nicht denken. Denn natürlich waren die Palmenblätter nur ein äußerst dürftiger Notbehelf. Mike war dennoch bereits nass bis auf die Knochen. Und an Schlaf war überhaupt nicht zu denken. Dennoch war Mike froh, sich bei diesem heftigen Unwetter in der Obhut des Indianerstammes zu befinden – selbst wenn der im Moment heimatlos war.

Am nächsten Morgen deutete am Himmel nichts mehr auf das Unwetter der Nacht hin. Die Morgensonne ließ die Lichtung in magischen, warmen Farben schimmern, die von unzähligen Wassertropfen auf den dichten Blättern reflektiert wurden. Einige Kolibris waren schon dabei, den süßen Nektar aus den taufrischen Blüten zu saugen. Ein Tukan flatterte von Ast zu Ast, als ob er nervös darauf wartete, dass auch der letzte Indianer endlich aufstand. Brüllaffen grüßten mit ihrem Gegröle aus der Ferne, während oben in den Baumwipfeln eine Horde von Kapuzineraffen wild herumtollte. Ein Schwarm Aras zog über die Lichtung hinweg, kehrte um und ließ sich für einen Moment in den Baumkronen nieder. Bestimmt zwanzig Exemplare oder mehr, schätzte Mike. Zu gern hätte er sie fotografiert, aber ihre ursprünglichen Besitztümer, die sie während ihres schicksalhaften Fluges noch dabeihatten, waren ihnen abhandengekommen, als sie bei den Banditen festgehalten worden waren.

Plötzlich ertönte ein hohes, schrilles Pfeifen, das die Idylle störte und Mike aufhorchen ließ. »Was ist das?«

Elly und Matti wussten es auch nicht.

Da kam Gabriel quiekend aus einem Busch herausgerannt. Panik im Gesicht. Offenbar war er bei seiner Morgentoilette gestört worden. Seine Hose stand noch halb offen.

Matti lachte. »Was ist dir denn passiert?«

»Ein Ungetüm!«, behauptete Gabriel mit zitternder Stimme. »Ich hab nur einen großen Schatten gesehen, der gepfiffen hat. Dann kam er auf mich zugestampft. Ich bin lieber schnell abgehauen.«

»Ein Schatten?«, fragte Matti nach.

»Irgendein Tier!«, brachte Gabriel hervor. »So groß wie ein Hund.«

Er musste nicht länger rätseln. Aus dem Busch, aus dem Gabriel gekommen war, trampelte nun ein schweineähnliches Tier hervor, das laut und schrill vor sich hin pfiff.

»Ein Tapir!«, rief Matti.

»Sind die gefährlich?«, fragte Elly unsicher. Der Tapir hatte eine beachtliche Größe, fand sie, und sie wusste, dass zum Beispiel ausgewachsene Wildschweine sehr gefährlich werden konnten.

»Eigentlich nicht«, beschwichtigte Matti. »Es sind

reine Pflanzenfresser. Aber wenn man ihnen zu nah kommt … Ich weiß nicht.«

Die Indianer beachteten das Tier nicht weiter, das einmal quer übers Camp stampfte und auf der gegenüberliegenden Seite wieder im Busch verschwand.

Gerade war es nicht mehr zu sehen, da kam aus einem anderen Busch, nur wenige Meter vom ersten entfernt, ein anderer Tapir heraus. Ebenfalls laut pfeifend.

»Hä?«, fragte Mike verwundert. »Ist das derselbe?«

Doch das war unmöglich. So schnell konnte der erste Tapir die Entfernung nicht geschafft haben. Der zweite Tapir verschwand dort im Busch, aus dem der erste gekommen war.

»Kann es sein, dass die sich suchen?«, fragte Elly.

Mike schüttelte den Kopf. »Das glaube ich nicht. Der muss den anderen doch gehört haben.«

Kaum hatte Mike das ausgesprochen, vollzog sich das gleiche Schauspiel aufs neue, diesmal nur umgekehrt. Wieder kam von einer Seite ein pfeifender Tapir und verschwand auf der anderen. Als er nicht mehr zu sehen war, kam der zweite aus einem anderen Busch und verschwand an einer anderen Stelle.

»Das gibt's doch nicht!« Elly stützte die Hände in die Hüften. »Die rennen echt immer aneinander vorbei.«

Lachend kam der fremde Indianer auf sie zu, der die Szene mitbekommen hatte. Er erklärte den Kindern, dass Tapire zwar laut und schrill pfeifen können, aber gleichzeitig sehr schlecht hören. So kam es öfter vor, dass sie zwar einander zupfiffen, sich aber nicht hörten und manchmal stundenlang immer wieder aneinander vorbeiliefen. »Manchmal finden sich die Paare sogar nie.«

Elly kicherte vergnügt vor sich hin. »Das gibt's doch nicht. Wie blöd ist das denn?«

»Deshalb sagt man den Tapiren wohl nach, dass sie Einzelgänger sind«, lachte Matti. »So etwas Verrücktes!«

Die meisten Indianer waren lange vor den Kindern wach gewesen. Während die Kinder sich über die Tapire amüsiert hatten, hatten einige erwachsene Indianer längst aus der Pequifrucht einen warmen Brei hergestellt, der jetzt allen zum Frühstück gereicht wurde. Aus Mangel an »Geschirr«, das in dem verlassenen Dorf zurückgeblieben war, hatten die Indianer aus großen Blättern behelfsmäßige große Schalen gebastelt, aus denen sich nun jeder mit seinen Händen bediente. Der Brei schmeckte erfrischend und sättigte. Anschließend zog der ganze Stamm weiter. Zu Mattis großem Erstaunen aber nicht sehr weit. Nur zwei Stunden waren sie durch den Dschungel gezogen, als sie an einer neuen Lichtung haltmachten.

Mike erkannte auf den ersten Blick: »Hier hat es vor kurzem noch gebrannt!«

»Vor kurzem?«, griff Matti Mikes Bemerkung auf. »Ich würde sagen, gestern Nacht. Sieh nur!« Matti zeigte auf einen zerstörten, abgeknickten, völlig verkohlten Baum, der zuvor wohl riesengroß gewesen war. Man konnte es wegen des enormen Umfangs des Baumstammes erahnen. »Ich nehme an, hier ist gestern Nacht der Blitz eingeschlagen.«

»Und hat ein ganz schön großes Stück rundherum niedergebrannt!«, ergänzte Elly.

Matti stimmte ihr zu: »Wahrscheinlich ein idealer Ort, um sich niederzulassen. Sie brauchen die Lichtung nicht selbst zu schlagen. Die verbrannte Erde ergibt einen fruchtbaren Boden, um eigene Pflanzen anzubauen. Es liegt genügend abgestorbenes Holz herum, um daraus Balken für ihre Ocas zu bauen.«

»Und Wasser ist auch in der Nähe!«, behauptete Gabriel.

Wasser!

Das Wasser hatten die anderen allerdings noch nicht gesehen.

»Wasser?«, fragte Mike. »Wo?«

Gabriel zeigte auf eine der Frauen, die Elly gepflegt hatten. Sie trug mehrere selbstgemachte Gefäße herbei, aus denen frisches Wasser herausschwappte. Ihr folgten einige weitere Frauen, ebenfalls mit Wasser beladen.

»Lasst uns nachsehen!«, schlug Matti vor. Sie liefen in die Richtung, aus der die Frauen kamen. Nach einigen Metern blieben sie stehen.

»Wo kamen die Frauen her?«, fragte Matti. Es war nichts zu erkennen.

Kein niedergetretenes Gras, keine abgeknickten Zweige, keine auseinandergebogenen Büsche, geschweige denn ein Weg oder ein Pfad. Einfach nichts deutete darauf hin, dass sich hier vor wenigen Minuten Menschen durchs Gestrüpp geschlagen hätten. Der

Gefässe und Behälter aus Rinde

An einem Baum ein Stück Rinde in gewünschter Größe einritzen (z. B. ein Rechteck reinritzen). Mit einem anderen Holzstück das zugeschnittene Stück Rinde weichklopfen. Dann die Rinde – möglichst in einem Stück – vom Stamm ablösen. Anschließend die Baumrinde über einem Feuer vorsichtig rösten. Dadurch wird sie geschmeidig gemacht. Sie verfärbt sich durch das Rösten meist goldbraun.

Dieses Stück Rinde ist nun wasserdicht und kann gut verarbeitet werden. Zum Beispiel zu einer Schale:

1. Klammern aus Stöcken oder Bambusrohren mit Hilfe von Pflanzenfasern bauen.

2. Aus der Rinde eine Schale formen und die gefalteten Ecken mit den Klammern sichern.

Dschungel wirkte an dieser Stelle wie an jeder anderen: als wäre noch nie ein Mensch dort gewesen. »Das kann doch nicht sein!«, schimpfte Matti vor sich hin. »Eben noch sind genau von hier einige Frauen mit Wasser gekommen!«

»Oder war's von dort?« Gabriel zeigte in eine andere Richtung.

»Ich glaube, ich habe von dort Stimmen gehört!«, sagte Mike und zeigte wiederum in eine andere Richtung.

»Und wir haben über die Tapire gelacht! Wir verlieren selbst bei jeder Kleinigkeit die Orientierung«, gestand Elly sich ein.

»Verdammt, du hast recht!«, sagte Matti mit betrübter Miene.

Alle dachten in dieser Sekunde offenbar das Gleiche: Wie sollten sie je allein auf eigene Faust weiter durch den Dschungel ziehen und sich zurechtfinden, wenn sie schon Menschen in ihrer unmittelbaren Nähe sofort aus den Augen verloren?

»Das darf doch echt nicht wahr sein!«, fluchte jetzt auch Mike, als ihm das Desaster mehr als deutlich bewusst wurde. »Und nun? Wie kommen wir zurück? Wie finden wir die anderen wieder?«

»Keine Ahnung«, gestand Elly. »Aber ich bin mir ziemlich sicher, dass die Frauen von dort gekommen waren.«

»Echt?«, fragte Mike zweifelnd. »Ich glaube, das Wasser liegt auf der anderen Seite.«

»Quatsch!«, widersprach Elly. »Wir sind von da gekommen, die Frau von dort.«

»Was meinst du, Matti?«, fragte Mike. Er wusste, dass er sich mit seiner Schwester nicht mehr einigen würde. Hoffentlich sah Matti die Sache ebenso wie er.

»Tja«, antwortete Matti, wobei er sich nachdenklich am Kopf kratzte. »Ich sehe das ganz anders. Ich denke, wir müssen entweder da lang, wenn wir zurückwollen oder da lang, wenn wir zum Wasser wollen.«

»Na toll!«, stöhnte Mike.

Denn Matti hatte in exakt die beiden anderen Richtungen gezeigt. Wenigstens blieb Gabriel keine weitere Richtung mehr übrig, auf die er hätte zeigen können. Er musste eine nehmen, auf die schon jemand anders gezeigt hatte.

»Also, Gabriel?«, fragte Mike.

Doch Gabriel zuckte mit den Achseln. »Ich habe nicht die geringste Ahnung«, gestand er.

Womit Mike wieder bei seiner Ausgangsfrage angelangt war: »Und nun?«

»Wir vertrauen mal auf Elly«, schlug Matti vor.

Also gingen sie in die Richtung, in der Elly das Wasser vermutete. Doch statt ans Wasser gerieten sie in immer dichteren Dschungel.

»Also, das ist bestimmt nicht der Weg, den die

Frauen gegangen sind«, sagte Mike nach einer Weile. »Die schlagen sich doch nicht derart durchs Dickicht, um Wasser zu holen.«

»Stimmt!«, pflichtete Elly ihm resigniert bei. »Mist! Ich hätte schwören können, dass wir hier lang müssen!«

»Besser, wir gehen zurück«, schlug Mike vor.

Er drehte sich um und schaute staunend in den Dschungel hinein. Er war sicher, dass man die Schneise sehen müsste, die sie soeben geschlagen hatten, indem sie sich durch das dichte Buschwerk geschoben hatten. Doch wie schon zuvor war davon nichts mehr zu erkennen. Die dichte Pflanzenwelt des Urwalds lag wie unberührt vor ihnen.

»Das gibt's doch nicht, verdammt!«, fluchte Mike.

»Wir hätten den Weg markieren sollen«, sagte Gabriel.

»Tolle Idee, Gabriel!«, meckerte Mike. »Nur leider ein wenig zu spät.«

»Na und?«, verteidigte sich Gabriel. »Du hast die Idee ja auch nicht früher gehabt!«

»Stimmt!«, sprang Elly ihm bei. »Mike hatte überhaupt keinen Plan.«

»Ha, ha!«, raunzte Mike zurück. »Und du? Du hast uns überhaupt erst auf diesen Irrweg geführt. Ich hab ja gleich gesagt, wir müssen in die andere Richtung.«

»Ach, als ob du das wüsstest«, giftete Elly zurück. »Deine Richtung hätte genauso falsch sein können.«

»Quatsch!«, beharrte Mike. »Einer der Wege muss ja stimmen. Und ich hatte genau die andere Richtung vorgeschlagen, aber du …«

»Hört auf zu streiten!«, ging Matti dazwischen. »Das bringt uns auch nicht weiter. Wir müssen Ruhe bewahren und systematisch überlegen.«

»Aha«, kommentierte Mike. »Und was ist die Lösung – nach systematischer Überlegung?«

»Weiß nicht«, gestand Matti.

»O Mann!«, stöhnte Mike erneut genervt auf.

»Pst. Seid mal leise!«, sagte Gabriel plötzlich. »Ich höre etwas!«

»Der hört wieder das Gras wachsen«, muffelte Mike, der immer noch sauer war, ohne genau zu wissen, auf wen und warum eigentlich.

»Pst!«, verlangte Gabriel erneut. »Dort! Im Busch!«

»Ja!«, bestätigte Elly. »Ich sehe da etwas!«

»Bloß nicht schon wieder der Jaguar!«, jammerte Mike.

»Nein!«, antwortete Elly. »Soweit ich erkennen kann, ein Tapir!«

Mike schaute genervt in den Himmel. »Na super. Ich meine, wenn wir jetzt Hunger hätten und 'ne Waffe. Aber so … Ein Tapir wird uns kaum zurück zu den Indianern führen.«

TAPIR

Der **Tapir** ist ein Säugetier aus der Familie der Unpaarhufer, die heutzutage nur noch fünf Arten umfasst.

Der große Rüssel des Tapirs ist sein Markenzeichen. Er dient ihm zum Greifen der Pflanzen, von denen er sich fast ausschließlich ernährt. Außerdem kann er mit dem Rüssel extrem gut riechen.

Natürliche Feinde sind der Jaguar und der Puma. Aber der größte Feind des Tapirs ist der Mensch, der ihn wegen seines Fleisches und seiner Haut jagt. Außerdem wird sein Lebensraum durch massive Fällung und Brandrodung zerstört. Tapire gelten als stark gefährdete Tierart.

Ihr Kot hilft bei der Erneuerung der Regenwälder. Die Tiere verteilen auf ihren Wegen durch den Wald intakte Samen, die Wurzeln schlagen.

Äußerlich wirkt der Tapir mit seinen kurzen Beinen, einer Länge von etwa zwei Metern und einem Gewicht von 150 bis zu 300 Kilo schwerfällig und auf keinen Fall so, als ob er in der Lage wäre zu schwimmen. Aber der Eindruck täuscht. Die Tiere halten sich gern am Wasser auf und sind sehr gute Schwimmer. Bei drohender Gefahr tauchen sie unter und bleiben mehrere Minuten unter Wasser. Sonst stapft der Tapir im seichten Wasser, frisst Wasserpflanzen oder suhlt und kühlt sich im Schlamm. So befreit er sich auch von Parasiten. Der Tapir hat Ähnlichkeit mit einem Wildschwein, ist aber eng mit dem Nashorn verwandt.

»Aber vielleicht zum Wasser, wenn er Durst hat?«, hoffte Elly. »Steht was in deinem schlauen Büchlein zu Tapiren?«

»... *Die Tiere halten sich gern am Wasser auf und sind sehr gute Schwimmer. Bei drohender Gefahr tauchen sie unter und bleiben mehrere Minuten unter Wasser. Sonst stapft der Tapir im seichten Wasser, frisst Wasserpflanzen oder suhlt und kühlt sich im Schlamm*«, las Mike vor.

»Perfekt!«, rief Matti aus. »Der Kleine wird uns zum Wasser führen! Wir dürfen ihm aber nur vorsichtig folgen, sonst bekommt er Angst und haut ab. Wenn wir Pech haben, rennt er weiter in den Dschungel hinein.«

»Oder er läuft erst recht zum Wasser, um unterzutauchen?«, hoffte Mike.

»Auf jeden Fall folgen wir ihm«, schlug Elly vor. »Achtung, er geht los!«

Der Weg, den der kleine Tapir einschlug, erwies sich für die Kinder als äußerst beschwerlich. Selbst das tiefste Dickicht, durch das die Kinder niemals freiwillig gegangen wären, stellte für den kleinen Tapir kein Problem da. Er stapfte einfach durch das dichte Geäst hindurch. Streckenweise mussten die Kinder auf allen vieren hinterherkriechen und einmal sogar bäuchlings durch Sträucher und Gestrüpp robben. Aber dann irgendwann hatten sie es endlich geschafft! Sie erreichten das Ufer des Flusses, wo kaum dreißig Meter weiter einige Indianerfrauen Wasser schöpften.

»Gott sei Dank! Wir sind da!«, rief Elly erleichtert. »Das darf uns nicht noch einmal passieren!«

»Ja, allerdings«, stimmte Matti ihr zu, und Gabriel und Mike nickten.

Die vier liefen am Ufer entlang, was auch nicht so einfach war, wie sie zuerst gedacht hatten. Auch hier mussten sie über Wurzeln und Gestrüpp klettern, teilweise unter weit ins Wasser hineinragenden Wurzeln durchtauchen, und sich dann an Land entlanghangeln, klettern und springen.

Als sie endlich bei den Frauen ankamen, trafen sie auch auf Davi und einige seiner Freunde. Davi lächelte, wie immer, und empfing die Kinder freundlich. Ihm schien gar nicht aufgefallen zu sein, dass sie eine Weile verschwunden gewesen waren.

Mike schaute ehrfürchtig übers Gewässer. Seit ihrem Absturz hatte er noch kein Wasser gesehen. Obwohl es wegen der Regenzeit deutlich kühler war als im Hochsommer, weckte die ewige schwüle Luft in ihm das Bedürfnis, einfach so wie er war, in die Fluten zu springen. Davi und seine Jungs taten genau das. Sie liefen an den vier Stadtkindern vorbei, sprangen ins Wasser, tauchten unter und juchzend wieder auf. Sie spritzten sich gegenseitig nass und vergnügten sich mit genau den Spielchen, die Mike aus seinem gefliesten und gechlorten Schwimmbad zu Hause kannte.

»Worauf warten wir noch?«, fragte Elly in die Runde. Vergessen waren Mattis Warnungen, dass es im Amazonas-Gebiet Alligatoren gab. Wo die Frauen Wasser holten, Davi und seine Freunde badeten, warum sollten sie da nicht ins Wasser gehen?

Dennoch zögerte Elly ein wenig.

»Was ist?«, fragte Gabriel.

»Ich überlege, ob ich mich ausziehen soll«, antwortete Elly.

Die Indianer badeten ohne Scheu nackt. Aber die liefen ja auch sonst so rum. Niemand außer den Indianern konnte Elly sehen. Und Matti und Gabriel natürlich. Und genau vor denen wollte sie sich nicht entblößt zeigen. Es wäre ihr komisch vorgekommen. Andererseits kam sie sich ebenso komisch vor, als Einzige zwischen all den nackten Indianerjungen mit Kleidung ins Wasser zu steigen. Elly schaute sich um. Es war kein einziges Indianermädchen zu sehen. Oder? Doch! Da kamen welche. Vier kleinere Mädchen, deutlich jünger als Elly, die ohne zu zögern, so nackt wie sie waren, zu den Jungs in Wasser sprangen. Was war mit den gleichaltrigen Mädchen? Die ganze Zeit waren noch keine auf sie zugekommen. Okay, es hatte auch kaum Gelegenheiten dazu gegeben. Elly hatte gesehen, dass einige Mädchen den Frauen beim Wassertragen geholfen hatten. Offenbar für sie eine Pflicht, so wie die Jungs bei der Jagd helfen mussten. Andere Mädchen hatten sich anscheinend lange damit beschäftigt, den Schmuck zu basteln, den sie auf dem Fest getragen hatten. Die Jungs schienen sich um das bevorstehende Fest nicht zu kümmern. Oder noch nicht? Elly kannte das von ihrem Bruder. Der machte auch immer alles erst auf den letzten Drücker.

»Hey. Was ist los?« Mike riss sie aus ihren Gedanken.

»Nichts«, entschuldigte sich Elly für ihre kurze geistige Abwesenheit.

»Willst du nicht baden?«, fragte Mike.

Gabriel gab die Antwort. »Sie weiß nicht, ob sie sich ausziehen soll. Also ich will nicht nackt baden.«

»Ich auch nicht!«, stellte Mike klar. »Unsere Klamotten müssen doch sowieso gewaschen werden!« Entschlossen ging er näher ans Ufer heran. Nur seine Schuhe und seine Socken zog er aus. Dann stieg er ins Wasser, zunächst aber nur mit den Füßen.

»Das Wasser ist pipiwarm!«, rief er.

Elly folgte dem Beispiel ihres Bruders. Sie zog Schuhe und Strümpfe aus und sprang samt Kleidung ins Wasser.

Davi und seinen Freunden war es offenbar vollkommen egal, ob die Stadtkinder Kleidung trugen oder nicht. Ohne zu zögern, bezogen sie die Gäste sofort

SCHUTZ VOR KRANKHEITEN

Um sich so gut wie möglich vor Infektionen und Krankheiten zu schützen, sollte man auch in der Wildnis auf Sauberkeit achten und Vorsichtsmaßnahmen ergreifen:

1. Einmal täglich waschen

Natürlich am besten mit Wasser, also Regen- oder Flusswasser. Bei Wassermangel kann man auch den Tau von den Bäumen schütteln. Sollte überhaupt kein Wasser zur Verfügung stehen, kann man den Körper auch eine Stunde lang in die pralle Sonne halten. Das hat eine desinfizierende Wirkung. Der Körper wird dabei außerdem gut belüftet, was Schädlingsbefall entgegenwirkt. Natürlich sollte man aufpassen, dass man keinen Sonnenbrand kriegt.

Auf jeden Fall, auch unter den ungünstigsten Bedingungen, sollte man versuchen, sich jeden Tag Hände, Gesicht, Achselhöhlen, Genitalbereich und Füße zu waschen.

2. Kleidung reinigen

Die Kleidung sollte zumindest jeden Tag ausgeschüttelt und / oder ausgeklopft werden. Besser ist es, sie mit Wasser zu waschen bzw. auszuspülen. Anschließend in der Sonne trocknen.

3. Ausreichend erholen

Zum Schutz vor Krankheiten gehört auch, vor großen körperlichen Anstrengungen ausreichend zu schlafen, um möglichst viel Kraft und Fitness für die Anstrengung zu haben.

in ihren Wasserspaß ein. Die Kinder wurden genau so nassgespritzt wie die anderen auch. Mike und Elly reagierten prompt, und im Nu war eine fröhliche Wasserschlacht im Gange, wie sie Mike auch von zu Hause kannte. Noch kein einziges Mal, seit er im Regenwald war, hatte Mike so unbeschwerte Augenblicke verbracht wie jetzt. Elly forderte Davi sogar zu einem kleinen Wettschwimmen heraus.

Davi begriff erst nicht, was Elly von ihm wollte.

Doch irgendwie schaffte Elly es mit Mimik und Gestik, es ihm zu verdeutlichen. Sie zeigte auf einen vom Ufer übers Wasser ragenden Ast, der rund dreißig Meter entfernt lag und als Ziel dienen sollte. Ein kleines Kapuzineräffchen kauerte darauf wie ein Wettkampfrichter, der den Zieleinlauf kontrollieren wollte.

Doch Davi schüttelte den Kopf und zeigte auf ein Stück Holz etwas weiter draußen auf dem Fluss, das sich an irgendetwas verfangen hatte. Elly verstand: Sie würden nicht parallel zum Ufer am Rand des Flusses entlangschwimmen, sondern schräg ins Wasser hinein. Der Endpunkt lag vielleicht, so schätzte sie, zehn bis fünfzehn Meter vom Ufer entfernt. Die zu schwimmende Strecke war vielleicht doppelt so lang.

Elly nickte Davi zu.

»Willst du jetzt nicht doch lieber deine Klamotten ausziehen?«, fragte Mike seine Schwester. »Mit Kleidung hast du bestimmt keine Chance!«

Elly sah an sich herunter. T-Shirt und Hose klebten nass und schwer an ihr. Dann entschied sie sich: »Ist ein gutes Training, mit nassen Klamotten zu schwimmen.«

»Ich geb das Kommando!«, rief Gabriel und zählte auf Portugiesisch herunter, wobei er die Finger zu Hilfe nahm, um die Zahlen anzuzeigen: »Três, dois, um. Vá!«

Die beiden schwammen los, wobei sofort deutlich wurde, dass Davi gegen Elly keine Chance hatte, obwohl sie ihre nasse, schwere Kleidung trug, die sie beim Schwimmen behinderte.

Davi schwamm instinktiv, so wie vermutlich jeder, der keine Schwimmtechnik gelernt hatte und nur versuchte, nicht zu ertrinken. Krampfhaft hielt er seinen Kopf über Wasser und bewegte sich ausufernd mit rudernden Armen vorwärts, eine Art Freistilschwimmen. Zwar hatte das Volk über die Jahrhunderte die Kunst des Fährtenlesens und der Jagd von Generation zu Generation weitergegeben, aber offenbar nie eine ausgefeilte Schwimmtechnik entwickelt. Vielleicht benötigten sie auch keine. Wettschwimmen schienen sie nicht zu kennen, zumindest nicht als offizielle, feierliche Wettbewerbe wie ihren Huka-Huka-Wettkampf. Davi konnte natürlich nicht wissen, dass Elly zu Hause im Schwimmverein war und da sogar zu den Besten gehörte. Mike kannte niemand in seinem Alter, der es mit Elly im Wettschwimmen aufnehmen konnte. Vermutlich nicht mal der ältere Matti. Matti allerdings war es, der die Gefahr entdeckte, gerade als Elly als Erste das Ziel erreichte.

Matti tippte einen von Davis Freunden an und zeigte hinaus aufs Wasser. Während Davi völlig außer Atem zum Ziel heranplanschte, nickte der junge Indianer Matti, ohne hinzuschauen, zu. Offenbar hatte er längst registriert, was Matti ihm zeigen wollte. Mike hingegen sah noch immer nichts.

»Was ist los?«, fragte Mike. »Was hast du entdeckt?«

»Siehst du nicht?«, fragte Matti zurück. »Da! Die zwei Augen, die aus dem Wasser schauen. Ein Kaiman!«

Mike musste ein wenig die Augen zusammenkneifen, um seine Pupillen schärfer zu stellen, dann sah er ihn auch. Und er erinnerte sich: Ein Kaiman, das war nichts anderes als ein großer Alligator!

Dieses Prachtexemplar befand sich, aus Mikes Perspektive gesehen, genau hinter Davi und Elly. Und die beiden waren rund dreißig Meter weit im Wasser!

»Ach du Scheiße!«, entfuhr es Mike.

Doch der indigene Junge schien nicht beunruhigt zu sein.

»Hat der ihn nicht gesehen?«, fragte Mike bestürzt.

Matti wusste es nicht, konnte es sich aber kaum vorstellen, dass die Indianer das Tier nicht längst gesehen

KAIMAN

Kaimane leben in Mittel- und Südamerika, vor allem im Amazonas- und im Orinocogebiet. In diesen Regionen sind alle Kaiman-Arten anzutreffen.

Kaimane besiedeln in Regenwäldern Flüsse jeder Größe, aber auch Teiche, Kanäle und Sümpfe. Am liebsten liegen sie in Gewässern mit Schlammboden oder auf überfluteten Sandbänken. Dort verharren sie meist über Stunden regungslos: Zum einen, um ihrer Beute aufzulauern, zum anderen, um ihre Körpertemperatur zu regulieren. Als sogenannte »Kaltblüter« besitzen die Reptilien keine körpereigenen Möglichkeiten, ihre Temperatur zu regulieren. Wir Menschen schwitzen, wenn uns zu heiß, oder zittern, wenn uns zu kalt ist. Beides können Kaimane nicht. Deshalb müssen sie ihre Körpertemperatur durch Sonne, Luft und Wasser steuern. Wenn es ihnen zu heiß wird, legen sie sich ins Wasser. Manchmal – zum Beispiel nachts – nutzen sie Gewässer auch, um sich zu wärmen, denn Wasser kühlt langsamer ab als Erde. So versuchen Kaimane, ihren Körper auf einer mittleren Temperatur von 35 Grad Celsius zu halten (Mensch: 36,4 bis 37,4 Grad Celsius).

Kaimane werden gewöhnlich nicht länger als 2,20 Meter bei circa 60 Kilogramm Körpergewicht. Die Tiere gelten als besonders aggressiv und bissig. Gleichzeitig sind sie sehr scheu. Darum greifen sie Menschen nur sehr selten an.

Sie ernähren sich je nach Lebensraum und Art von Fischen, Muscheln, Amphibien, Weichtieren, aber auch von Wassertieren wie dem Wasserschwein und dem Wasserbüffel.

Die einzigen Feinde der Kaimane sind die Menschen. Wegen der Verfolgung der Tiere und der zunehmenden Zerstörung ihrer Lebensräume sind mittlerweile viele Arten vom Aussterben bedroht.

KAIMAN, ALLIGATOR, KROKODIL

Biologen teilen die Ordnung der Krokodile in drei Familien: **Alligatoren**, **Kaimane** und **Echte Krokodile**. Genau genommen ist der Alligator eine Unterform des Krokodils und der Kaiman eine Unterordnung des Alligators.

Auch wenn sie verwandt sind, man kann die Tiere an ein paar Merkmalen unterscheiden. Am schnellsten erkennt man an den Zähnen, um welches Tier es sich handelt.

Bei den Echten Krokodilen beißen die Zähne des Oberkiefers zwischen die des Unterkiefers. Der vierte Zahn unten bleibt auch bei geschlossenem Maul immer sichtbar. Außerdem ist die Schnauze des Echten Krokodils v-förmig, sein Kopf ist breit und die Haut eher hell. Echte Krokodile leben sowohl in Süß- als auch in Salzwasser.

Bei Alligatoren und Kaimanen greifen die Zähne des Oberkiefers von außen über die des Unterkiefers. Der vierte Zahn im Unterkiefer ist bei geschlossenem Maul nicht zu sehen. Bei Alligatoren und Kaimanen ist außerdem die Schnauze u-förmig, der Kopf breit und die Haut eher dunkel. Sie leben ausschließlich in Süßwasser. Kaimane kommen in der Regel nur in Südamerika vor.

hatten. Der junge Indianer machte mit der Hand einige Zeichen, wobei er abwechselnd immer wieder auf seine Augen und den Kaiman zeigte.

»Also gesehen hat er ihn mit Sicherheit«, stellte Matti fest. »Aber was will er uns sagen?«

»Dass er ihn im Blick hat«, deutete Mike die Handzeichen. »Aber was soll das? Entscheidend ist, dass Elly und Davi ihn noch nicht gesehen haben! Die können jeden Augenblick angegriffen werden.«

Mike wollte gerade weiter ins Wasser hineinlaufen, um die beiden zu warnen, doch der Indianer hielt ihn zurück.

»Was …?«, setzte Mike an.

Doch Matti riet ihm: »Lass es. Er wird wissen, was er tut.«

»Spinnst du?«, entrüstete sich Mike. »Meine Schwester ist in Gefahr. Soll ich sie nicht warnen, oder wie?«

Erneut wollte Mike lossprinten, um zu Elly hinüberzurufen, doch diesmal hielt Matti ihn fest. »Vielleicht warnst du nicht Elly, sondern schreckst den Kaiman auf«, erklärte Matti. »Schon mal daran gedacht?«

Mike hielt inne. Nein, daran hatte er nicht gedacht. »Du meinst, der Kaiman … schläft?«

Matti zog die Schultern hoch. »Keine Ahnung!«, gab er zu. »Vielleicht ist er auch nicht hungrig. Aber ich denke, wenn einer weiß, was los ist, sind es die Indianer. Die werden nicht das erste Mal in Gesellschaft von Alligatoren baden.«

»Stimmt«, sagte Mike. »Aber vielleicht nehmen sie es auch einfach als naturgegeben hin, dass ab und zu mal ein Alligator einen Menschen frisst.«

Matti verzog die Augenbrauen und schaute Mike skeptisch an. »Glaubst du?«

Das glaubte Mike natürlich nicht. Er hatte ja erlebt, wie die Indianer mit Pfeil und Bogen sich sofort und ohne jegliche Angst gegen jede Gefahr stellten: egal, ob Flugzeug oder Banditen. Wenn sie eine Gefahr erkannten, dann versuchten sie, sich zu wehren oder sie abzuwenden. Wenn sie jetzt den Alligator sahen und nichts taten, würden sie gute Gründe haben. Da hatte Matti sicher recht.

Mike versuchte, sich zu beruhigen und sich damit abzufinden, dass sie nichts zu unternehmen brauchten. Aber er sah, wie Davi gerade auf Elly einredete, um wohl eine Revanche zu fordern – er schien den Kaiman jedenfalls noch nicht entdeckt zu haben.

Mike lag richtig mit seiner Befürchtung. Denn im selben Moment lief der junge Indianer aufgeregt ins Wasser und rief etwas hinüber zu Davi. Der reagierte augenblicklich auf das Signal. Er stieß Elly an, zeigte zum Kaiman. Dann schwammen die beiden los, schneller als zuvor im Wettrennen. Diesmal allerdings nicht die schräge, längere, sondern die gerade, direkte Strecke zum Ufer.

»Was ist … jetzt passiert?«, fragte Mike.

»Soweit ich es gesehen habe«, mischte sich jetzt auch Gabriel ins Gespräch ein, der einige Meter weiter weg am Ufer stand, »hat der Kaiman sich leicht bewegt. Ich hab das zufällig auch gesehen. Hinter ihm schwappten mit einem Mal ein paar Wellen über die Wasseroberfläche, so, als ob der Alligator seinen Schwanz bewegt hätte.«

Matti glaubte, zu verstehen: »Solange die Alligatoren still daliegen, lassen sich die Indianer nicht von ihnen stören. Aber sie haben sie immer im Blick. Sobald sich einer von ihnen auch nur leicht bewegt, sehen sie zu, dass sie aus dem Wasser kommen.«

»WAS?«, rief Mike entsetzt. »Mit anderen Worten, die machen dann ein Wettrennen mit den Alligatoren um ihr Leben? Ticken die nicht mehr richtig?«

Doch der Alligator hatte sich noch immer nicht vom Fleck bewegt, nur sein Schwanz hatte mal gezuckt. Elly und Davi hatten aber bereits die Hälfte der Strecke zum Ufer zurückgelegt.

Jetzt erst tauchten die Alligator-Augen ab.

Mike hielt den Atem an. »Er kommt!«, kreischte er. »Er kommt!«

Doch auch das hatten die Indianer längst wahrgenommen. Schon standen drei der Jungs mit Pfeil und

Bogen im Anschlag bereit, den Kaiman gebührend zu empfangen, wenn er am Ufer auftauchen sollte.

Doch Mike konnte nicht so cool bleiben.

»Schneller, Elly!«, schrie er. »Das Krokodil kommt!«

Davi und Elly schwammen um ihr Leben. Der Kaiman war nicht zu sehen. Er tauchte. Ob irgendwohin oder den beiden hinterher, war nicht zu erkennen. Wohl aber, dass Elly auf der kurzen Strecke Davi bereits um vier Längen voraus war. Sie legte sich noch mehr ins Zeug. Und Mike wurde in diesem Augenblick bewusst: Wenn der Kaiman erfolgreich jagte, dann würde es Davi treffen!

Nervös kaute Mike auf seiner Unterlippe. Was sollte er jetzt tun? Elly zurufen, sie solle langsamer schwimmen? Auf keinen Fall. Sie würde Davi auch nicht retten können. Einfach nur zusehen, wie der Kaiman Davi schnappte? Das ging ebenfalls nicht, auch, wenn das seine Schwester retten würde. Mike hatte außerdem Zweifel, ob die Pfeile der Jungs gegen den großen Alligator etwas ausrichten konnten. Ihre Schusswaffen hatten sie nicht bei sich.

Aufgeregt sprang Mike am Ufer hin und her. Diese Untätigkeit, oder besser: diese Hilflosigkeit, die er so überdeutlich verspürte, trieb ihn in den Wahnsinn! Und entlud sich in einem einzigen Schrei: »Ellyyyyyy!«

Nur noch zwei Schwimmzüge, dann hatte seine Schwester das Ufer erreicht. Ihre Rettung war das allerdings noch nicht. Denn natürlich konnten auch Kaimane ans Ufer kommen und dort ihre Beute reißen. Und Davi lag noch gut fünf Meter hinter Elly. Sie lief aus dem Wasser, blieb am Ufer aber nicht stehen, sondern lief noch weiter aufs Land. Erst als sie sich in halbwegs sicherer Entfernung wähnte, drehte sie sich um, um nach Davi zu schauen, der erst jetzt ans Ufer geschwommen kam. Schon hatten sich drei Jungs dort aufgereiht, ihre Bogen schussbereit aufs Wasser gerichtet. Vom Kaiman war nichts zu sehen. Der vierte jugendliche Indianer war bei den kleinen Mädchen geblieben, die er jetzt aus dem Wasser trieb. Zügig, aber ohne jegliche Panik oder gar Angstgeschrei liefen die Mädchen an Land. Davi atmete schwer, weil er wohl so schnell geschwommen war wie lange nicht mehr. Kaum hatte Davi sich umgedreht und tief durchgeatmet, schoss der Kaiman tatsächlich genau an der Stelle aus dem Wasser, an der Elly eine halbe Minute und Davi lediglich ein paar Sekunden zuvor angekommen waren. In ganzer Länge stand der Alligator jetzt am Ufer, das riesige Maul mit den rasiermesserscharfen Zähnen weit aufgerissen.

Niemand, auch die Indianer nicht, wollten es auf einen Machtkampf mit dem Ungetüm ankommen lassen. Die Kinder zogen sich zurück.

Elly zitterten noch immer die Beine.

»Das war knapp! Ich glaub's echt nicht. Um ein

Haar wäre ich von einem Krokodil gefressen worden!«, sagte sie mit noch bebender Stimme.

Davis Freunde ließen ihre Bogen wieder sinken. Obwohl Davi erheblich gefährdeter gewesen und knapper entkommen war als Elly, wirkte er weitaus weniger aufgeregt. Offenbar hatte er nicht zum ersten Mal während des Badevergnügens vor einem hungrigen Alligator abhauen müssen. Der Jugendliche, den Matti angesprochen hatte, schaute nun zu ihm herüber und wiederholte seine Geste von vorhin: die Finger auf seine Augen, dann den Fingerzeig auf den Kaiman. Es sollte wohl heißen: Ich hab doch gesagt, wir haben alles im Blick.

Elly schnaufte noch mal durch und musste sich erst einmal setzen. Mike sah, wie stark ihre Hände und ihre Knie noch immer zitterten. Er hätte seiner Schwester gern etwas zu trinken angeboten, aber sie hatten dummerweise nichts mitgenommen.

Der Kaiman schien sich auch wieder zu beruhigen. Sein Maul hatte er zugeklappt, nun lag er mit dem Bauch im Ufersand, hatte den Kopf leicht zur Seite geneigt und behielt die Kinder im Blick. Aber nichts deutete darauf hin, dass er einen neuen Angriff starten würde. Mike hoffte, der Kaiman würde sich mit seiner Niederlage abfinden und es dabei bewenden lassen. Auch von einer erfolglosen Jagd musste man sich erholen, und genau das schien der Alligator jetzt zu tun.

Wohl auch deshalb entging ihm die Gefahr, die sich für ihn selbst hinter ihm zusammenbraute.

Denn mit einem Mal sah Mike, wie hinter dem Kaiman ein Kopf auftauchte! Der Kopf eines Jaguars, der sich – offenbar aus dem Wasser steigend – geräuschlos, mit leicht gebeugter Kopfhaltung, langsam und vorsichtig von hinten anschlich.

Mike stockte der Atem. Gerade wollte er den anderen Bescheid geben, da schoss der Jaguar mit einem mächtigen Satz auf den Kaiman zu. Dem gelang reflexartig noch eine letzte schnelle Bewegung, mit der er sich in Sicherheit bringen wollte, doch es war zu spät. Der Jaguar hatte den Alligator bereits am Genick gefasst, biss erbarmungslos zu, verharrte einen Augenblick in dieser Position, wartete geduldig die letzten Zuckungen seiner Beute ab, und erst als sich nichts mehr rührte, schleppte er den schweren Koloss mit sich und verschwand irgendwo in den Büschen.

»Habt ihr das gesehen?«, hauchte Mike ehrfurchtsvoll. Nie hätte er auch nur vermutet, dass ein Jaguar in der Lage war, sich einen Kaiman zu schnappen, um ihn zu fressen. Unwillkürlich dachte Mike an die Situation an ihrem zweiten Tag im Dschungel zurück, in der er und seine Freunde urplötzlich einem Jaguar gegenübergestanden hatten und Mike fest überzeugt gewesen war, sein letztes Stündlein hätte geschlagen, bevor der Jaguar überraschend wieder abgezogen war. Wenn der Jaguar sie hätte angreifen wollen, hätten sie nicht den Hauch einer Chance gehabt. Das wurde Mike nun noch einmal deutlich bewusst.

»Gut, dass der Kaimanfleisch mag«, sagte Mike leise. Wer wusste, was andernfalls vielleicht mit ihnen passiert wäre?

Dann fielen ihm Geschichten ein wie »Dschungelbuch« oder »Tarzan«, und er fragte sich, ob es wohl auch in der Wirklichkeit möglich wäre, sich mit wilden Tieren so anzufreunden, dass sie einen Menschen vor Gefahren beschützten. Dieser Jaguar hatte das – wenn auch unbewusst – im Grunde genommen getan. Kurz nachdem der Alligator Jagd auf sie gemacht hatte, hatte der Jaguar den Angreifer ausgeschaltet.

»Danke, Jaguar!«, rief Mike in den Busch hinein.

Was ihm verwunderte Blicke der Indianer einhandelte.

Entscheidung!

Vom Baden hatte Elly fürs Erste die Nase voll. Zurück im Lager der Indianer, kamen die Frauen auf die Stadtkinder zu und begannen auf sie einzureden. Mike wusste nicht, was das bedeuten sollte, und auch Matti, Gabriel und seine Schwester waren ratlos; erst recht als die Frauen anfingen, an der Kleidung der Kinder zu zupfen.

»Hey, was soll das?«, fragte Mike.

Zum Glück tauchte plötzlich wieder der Indianer des fremden Stammes auf und übersetzte ihnen: »Ausziehen!«

»Was?«, entrüstete sich Elly. »Ich bin doch nicht in Klamotten ins Wasser gesprungen, um mich jetzt auszuziehen!«

»Vielleicht wollen sie die Sachen trocknen?«, überlegte Gabriel. »Unsere Eltern würden uns auch nicht in nassen Klamotten rumlaufen lassen.«

Das kannte Elly von ihren Eltern auch. Dennoch:

»Zu Hause hab ich dann auch trockene Sachen zum Wechseln!«, stellte sie klar. »Aber das sind meine einzigen Klamotten.«

»Na ja«, sagte Mike. »Im Fluss wurden sie ein wenig gewaschen, jetzt müssen wir sie aufhängen. Die sind doch alle nackt hier!«

»Trotzdem!« Elly fühlte sich unbehaglich. Bis Davi auftauchte. Er hielt ein Schälchen in der einen Hand, eine Feder in der anderen und zeigte auf einen seiner Freunde, der etwas abseits vor einem Älteren saß. Der Ältere hielt ein ähnliches Schälchen in der Hand und malte dem Jungen mit Hilfe der Feder feine Striche auf den Körper.

»Es geht überhaupt nicht um unsere Klamotten!«, erkannte Matti. »Wir sollen uns ausziehen, damit sie uns anmalen können.«

»Anmalen?«, wiederholte Gabriel.

Mike seufzte. »O je. Ich befürchte, das machen die, weil ich mein Gesicht mit Erde verziert hatte. Ich wollte doch nur zeigen, dass ich die Indianer toll finde!«

»Und sie denken jetzt, wir wollen auch gern so bemalt werden wie sie. Na toll!«, seufzte Elly. Sie hatte es ihrem Bruder ja nachgemacht. »Jetzt wollen sie uns komplett anmalen, so wie sie selbst es auch für ihre Feste machen.«

»Das ist doch eine große Ehre!«, interpretierte Matti die Geste. »Wir gehören jetzt zu ihnen. Sie nehmen uns auf als ihresgleichen! Da können wir schlecht ablehnen.«

Matti zog sein T-Shirt und seine Shorts aus und stand nun splitternackt vor Davi.

Elly schaute schnell verschämt weg. Irgendwie fand sie es einen Unterschied, ob sie einen Indianer oder Matti nackt sah.

Davi hingegen lächelte Matti an, ohne auch nur im Geringsten mit seinen Blicken zu zeigen, dass er Mattis Nacktheit registriert hatte, und wies ihm den Weg zu einem Älteren, der neben dem anderen schon bereit saß.

»Wie zu Hause beim Friseur!«, kommentierte Mike mit einem Grinsen im Gesicht. »Ein Stuhl ist frei, du bist der Nächste, Matti!«

Matti bedankte sich bei Davi mit einem Kopfnicken, ging zu dem Älteren und setzte sich vor ihn hin, um sich kunstvoll bemalen und einfärben zu lassen.

Elly beobachtete, dass etwas abseits eine Gruppe Frauen saß, die für die Mädchen zuständig war. Eines der Mädchen, das noch nicht dran war, stand auf, ging auf Elly zu, nahm sie an die Hand und führte sie mit sich.

»Okay, bis später dann!«, verabschiedete sich Elly leise von ihrem Bruder.

Erst als sie bei den Frauen angekommen war, zog sie sich auch aus und ließ sich mit den traditionel-

BEMALUNG

Die Bemalung von Gesicht und Körper bei den indigenen Völkern, wie Indianern, hat bei den verschiedenen Stämmen (sowohl in Nord- als auch in Südamerika) die unterschiedlichsten rituellen, religiösen oder sonstigen symbolischen Bedeutungen.

Von einigen Stämmen in Nordamerika zum Beispiel sind die Bedeutungen einiger Farben bekannt:

Rot: Blut, Kraft, Energie und Erfolg. Aber auch Glück und Schönheit.
Schwarz: Leben. Durchaus aufgetragen als Vorbereitung auf einen Krieg. Eine sehr aggressive Farbe. Soll auch Stärke zeigen.
Weiß: Trauer (nicht wie bei uns schwarz!). Aber auch die Farbe des Friedens.
Blau: Weisheit, Vertrauen.
Gelb: Die Farbe des Todes. Steht aber auch für Intelligenz.
Grün: Ausdauer. Aber auch: eine große Heilkraft, um das Sehvermögen zu verbessern.

Lila, braun und rosa werden nicht als Gesichts- oder Kriegsbemalung verwendet!

len festlichen Verzierungen dieses Stammes bemalen. Sie konnte nicht einmal erahnen, was die einzelnen Ornamente und Linien zu bedeuten hatten. Sie vermutete allerdings, dass sie genau so und nicht anders sein durften. Die Erwachsenen erledigten ihr Handwerk mit allergrößter Ruhe und Sorgfalt. Mike, der schon zu Hause beim Frisör immer nervös wurde, weil ihm selbst der schnelle Jungenhaarschnitt zu lange dauerte, musste seine gesamte Geduld aufbringen, um nicht zu zappeln. Am Ende hatte er keine Ahnung, wie lang sich die Bemalung in Wahrheit hingezogen hatte. Nach seinem Gefühl waren es mindestens zwei Stunden. Gern hätte er gesehen, wie er aussah, aber er hatte keinen Spiegel. Doch als er die anderen Jungs betrachtete, musste er zugeben: Das sah obercool aus!

Hinzu kam noch ein bunter Federschmuck. Jetzt sahen sie wirklich aus wie Indianer, fand Mike. Oder zumindest fühlte er sich so. Natürlich wirkte die feine, farbige Bemalung auf seiner blassen, hellen Haut nicht annähernd so schön und geheimnisvoll wie bei den Indianern, aber Mike war trotzdem mächtig stolz, dass er ihren Festschmuck tragen durfte. Überhaupt war er sehr beeindruckt, wie schnell, geschickt und beharrlich sich die Indianer all die Dinge, die sie in ihrem Dorf hatten zurücklassen müssen, wieder neu beschafften und erstellten. Bei ihrer Flucht vor dem Überfall hatten sie ihre Waffen gegriffen und noch ein paar nützliche Werkzeuge mitgenommen. Alles andere hatten sie liegen gelassen. Jetzt schabten, kratzten und schnitzten sie den ganzen Tag, um wieder neue Schälchen und Schalen, Trink- und Kochgefäße, Waffen, Pfeile und sogar Kanus, Pfähle, Stämme und Hütten, Hängematten und Feuerstellen zu erschaffen.

All dem konnten die Kinder entnehmen: Sie hatten ihren neuen Ort gefunden. Sie würden hier bleiben. Man konnte jetzt schon erkennen, wo das neue Haupthaus und wo die einzelnen kleineren Hütten hinkommen würden. Unweit davon begannen einige Frauen, ein Terrain abzustecken und dort ein neues Beet für Nutzpflanzen wie Yucca oder Piquet anzulegen. Einige Indianer schnitzten Speere, die sie für die Jagd von größeren Tieren oder zum Schutz vor Jaguaren benötigten. Ebenso wie neue Pfeile und Bogen, mit denen sie auch Fische jagten.

Das große Fest stand bevor, aber Mattis Gedanken blieben eher bei den Indios haften, die gerade dabei waren, einen Baumstamm zu einem Kanu auszuhöhlen.

»Seht mal«, rief Matti den anderen zu: »So ein Boot bräuchten wir.«

»Das schaffen wir allein niemals, so eines zu bauen«, wandte Elly ein.

»Und ein Floß?«, fragte Matti. »Was haltet ihr davon? Mike, steht in deinem schlauen Buch nichts über Flößebauen?«

»Doch!«, antwortete Mike stolz. Er freute sich immer, wenn die anderen sein Überlebensbuch brauchen konnten.

Mike blätterte auf die entsprechende Seite und teilte den anderen mit: »Wir brauchen eine Reihe von Baumstämmen.«

Matti schaute in den Wald hinein. »Die gibt es hier genug. Das Problem ist, wir müssen die Bäume erst fällen, haben aber kaum Werkzeug.«

»Die Indianer haben ein paar ihrer einfachen Äxte aus dem Dorf mitgebracht«, sagte Gabriel. »Damit bauen die auch ihre Hütten. Ist aber bestimmt sehr schwer.«

»Die werden uns sicher helfen?«, fragte Elly hoffnungsvoll in die Runde. »Was brauchen wir noch?«

»Seile!«, antwortete Mike. »Und zwar sehr, sehr feste, mit denen wir stramm die Stämme zusammenbinden.«

»Seile?« Elly runzelte ihre Stirn. »Die flechten die Indianer auch selbst. Ich nehme an, selbst wenn die uns alle total helfen, brauchen wir mindestens ein oder zwei Wochen, um so ein Floß zu bauen.«

»Kann sein«, räumte Matti ein. »Und wenn schon. Solange leben wir mit ihnen hier und können in der Zeit vielleicht auch herausbekommen, wo wir eigentlich sind und wohin die Strömung des Flusses uns bringen wird.«

»Ich wüsste, wer das weiß«, sagte Elly, woraufhin die anderen sie überrascht ansahen.

»Wer denn?«, wollte Gabriel wissen. Doch dann fiel ihm die Antwort selbst ein. »Du meinst, die Banditen?«

»Sie haben das Dorf der Indianer niedergebrannt, um sich selbst dort niederzulassen mit ihrer Baustelle. Sie sind nicht weit entfernt, wir sind nur zwei Tage gegangen. Und jetzt schlagen die Indianer hier ihr neues Lager auf. Ich finde das verdammt nah dran.«

»Stimmt«, pflichtete Matti ihr bei. »Ich hätte auch gedacht, dass sie viel weiter wegziehen.«

»Vielleicht«, mutmaßte Mike, »können sie gar nicht viel weiter.« Auf die verwunderten Blicke der anderen ergänzte er: »Was, wenn aus der entgegengesetzten Richtung auch schon Bauarbeiter auf sie zukommen? Vielleicht wissen sie das? Vielleicht kommt der fremde Indianer von dort?«

Elly war das Entsetzen ins Gesicht geschrieben: »Du meinst, die Indianer werden regelrecht eingekesselt?«

»Und wissen bald gar nicht mehr, wohin«, ergänzte Mike. »Kann doch sein!«

Für eine Minute schwiegen die Kinder betreten. Mike hoffte sehr, dass seine Theorie nicht stimmte. Aber er wusste auch, dass er sehr wohl recht haben konnte. Die Lebenssituation für die Indianer wurde immer schlechter und bedrohlicher. So viel stand fest.

Elly presste nachdenklich die Lippen zusammen, bevor sie sagte: »Im Umkehrschluss heißt das: Die Zivilisation und damit unsere Rettung liegt möglicherweise ganz nah. Wenn die Zivilisation aber so nahe gerückt ist, bedeutet das gleichzeitig den Untergang der Indianer. Ich fühle mich echt total mies dabei.«

»Da hast du recht«, stimmte Mike seiner Schwester zu.

Und auch Matti pflichtete ihr bei: »Was ist das eigentlich für eine Zivilisation, die ganze Völker ausrottet, um sich auszubreiten? Wieso bleiben die Menschen nicht einfach in ihren Städten und lassen den Regenwald in Ruhe?«

»Die wollen noch mehr Geld verdienen«, erklärte Elly. Aber das war den anderen auch klar. »Tropenholz, riesige Monokulturen von Pflanzen wie Soja für Viehfutter, oder auch Drogenanbau. Mit all diesen Dingen kann man verdammt viel Geld verdienen.«

»Manche suchen sogar nach Gold«, ergänzte Gabriel.

»Und alle kommen näher«, stellte Elly betrübt fest. »Wenn man so drüber nachdenkt, möchte man eigentlich gar nicht mehr zurück. Sondern hierbleiben, bei den Indianern.«

»Du willst nicht mehr nach Hause?« Mike schreckte auf.

Elly hob beschwichtigend die Arme. »Doch, doch. Aber ich meinte bloß ...«

Wieder schwiegen die vier eine Weile, es schien allen ähnlich zu gehen.

»Ich find's eigentlich echt schön hier«, sagte Elly nach einer Zeit leise. Sie sah hoch in die Baumwipfel, wo sich eine kleine Affenhorde versammelt hatte. Ein Tukan flatterte kurz vorbei, als wollte er für einen Moment der Unterhaltung der Kinder beiwohnen. Ein Schwarm Aras hatte sich in den Zweigen niedergelassen, zog dann aber weiter. Und selbst als Elly eine bestimmt drei Meter lange, dicke Schlange auf einem Ast entdeckte, schreckte sie nicht panisch auf, wie sie das noch vor einiger Zeit getan hätte. Sie betrachtete sie still und bewunderte die geschmeidige Eleganz des langsam dahingleitenden Tieres, das bedächtig den Kopf hinabsenkte, um ein Vogelnest in Augenschein zu nehmen. Eine Gruppe jüngerer Indianerkinder hatte sich vom Fluss etwas Wasser geholt und damit eine Pfütze in dem feuchtmorastigen Boden geschaffen. Darin spielten sie zusammen mit zwei Äffchen, die offenbar selbstverständlich zur Spielgruppe gehörten. Ein sehr kleines Mädchen näherte sich der Spielgruppe mit einem grünen Leguan auf dem Arm, den sie streichelte wie eine Lieblingspuppe. Kurz darauf setzte sie ihn auf dem Boden ab und schaute zu, wie er eiligst zurück in den Wald huschte. Ganz im Gegensatz zu einem Chamäleon, das bei einem anderen Mädchen auf der Schulter saß, sich dort offenbar recht wohl fühlte und die Kinder eifrig von Insekten frei hielt, indem es diese genussvoll verschlang. Die kleinen Kinder waren noch nicht von ihren Eltern bemalt worden. Vielleicht kam das noch. Vorerst übten sich die Kleinen darin, sich selbst zu verzieren, indem sie sich sowohl etwas von der schlammigen Erde als auch ein paar Restfarben, die sie von den Großen stibitzt hatten, in die Gesichter schmierten.

Elly war nicht nur festlich wie ein junges Indianermädchen geschminkt und geschmückt, sie hatte auch das Gefühl, dass sie ganz langsam, aber stetig begann, wie eines zu denken und zu fühlen. Als sie bemerkte, dass einige Gesichter fehlten, die sie bei dem kleinen nächtlichen Fest im alten Dorf noch gesehen hatte, kochte wieder Wut über den brutalen Überfall in ihr hoch. Diese Banditen hatten das gesamte Dorf zerstört und die Indianer abgeschlachtet wie wildes Vieh, nur um noch mehr Platz für ihren Drogen- oder Was-auch-immer-Anbau zu bekommen. Elly erwischte sich bei dem Gedanken, dass sie gern eine Superheldin wäre, die diese ganze Banditenhorde in die Flucht geschlagen hätte. Nur durch solche Tagträume konnte sie diese zum Himmel schreiende Ungerechtigkeit überhaupt ertragen. Dann fiel ihr ein, dass die Indianer sie sogar als so etwas Ähnliches wie eine Superheldin feierten, weil sie auf einen der Banditen geschossen hatte.

Im selben Moment meldete sich wieder ihr schlechtes Gewissen, und sie sah den Blick des Banditen vor ihrem geistigen Auge, bevor er umgekippt war. Matti und Mike hatten ihr ja zugeredet und gemeint, vermutlich hätte der Bandit überlebt. Doch Elly war sich da nicht so sicher. Schon seltsam!, dachte sie. Eben noch hatte sie sich gewünscht, als Superheldin die gesamte Banditenbande sonstwohin zu jagen, aber eigentlich kam sie über den einen nicht hinweg, den sie tatsächlich erwischt hatte. Superhelden-Phantasie und Realität waren eben doch zwei sehr unterschiedliche Dinge.

Als hätte Matti erraten, worüber Elly gerade sinnierte, kam er auf sie zu und sagte: »Wir wollen es versuchen!«

Elly war noch nicht wieder voll in der Realität und Gegenwart angekommen und fragte: »Was versuchen?«

»Ins Lager der Banditen einzudringen, um nach Plänen zu suchen. Damit wir wissen, wo wir sind, und vor allem, wo wir hinmüssen.«

»Wer ist wir?«, fragte Elly. »Seid ihr verrückt? Wir können froh sein, dass wir denen entkommen sind. Für meinen Geschmack sind wir noch viel zu dicht an ihnen dran und sollten sehen, dass wir noch weiter von denen wegmarschieren!«

»Genau das wollen die Indianer auch prüfen«, erklärte Matti. »Sie wollen schauen, was die Banditen tun, wie weit sie sich ausbreiten und ob sie hier an diesem Ort bleiben können oder nicht. Denn mit dem Fluss, der Lichtung und den vielen Pflanzenarten, die sie im alten Dorf anbauen mussten, die hier aber auf natürliche Weise wachsen, wäre dieser Ort ideal zum Bleiben. Aber sie wissen nicht, ob sie es wagen können. Deshalb schicken sie ein paar Männer los, die nachsehen. Mike und ich dürfen mit.«

Elly sprang auf. »Du meinst, ihr beiden geht ohne Gabriel und mich? Niemals! Wir dürfen uns auf keinen Fall trennen!«

Die Vorstellung, dass sie sich im Falle eines Unglücks allein mit Gabriel weiter durchschlagen musste, erschien Elly so furchtbar, dass sie nicht einmal daran denken mochte.

»Wenn wir alle vier gehen, ist es zu gefährlich«, widersprach Matti.

Doch Elly schüttelte energisch den Kopf. »Entweder wir kommen alle durch oder keiner«, erinnerte sie Matti. »Das haben wir immer gesagt.«

»Die Indianer werden nicht zulassen, dass wir zu viert mitgehen. Mike und ich sind für sie schon ein hohes Risiko. Sie könnten durch uns entdeckt werden. Wir dürfen nur mitgehen, weil die Indianer nicht wissen oder erkennen, wonach wir suchen. Sie kennen keine Karten.«

»Alle oder keiner!«, beharrte Elly. »Es ist sowieso nicht klar, ob die Banditen eine Karte haben. Und dafür sollen wir uns in Gefahr bringen?«

Sie erinnerte Matti daran, dass sie die Zelte der Banditen bereits durchsucht hatten, als sie deren Gefangene gewesen waren. Alles Mögliche hatten sie dort gefunden und mitgehen lassen. Sogar Waffen. Aber keine Karten.

Matti musste ihr recht geben. »Du meinst, wir sollten gar nicht gehen?«, fragte er.

Elly kaute nachdenklich auf ihrer Unterlippe. »Nicht, um eine Karte zu suchen«, sagte sie plötzlich geheimnisvoll.

Matti zog eine Augenbraue hoch. »Was meinst du dann?«

Mike und Gabriel kamen zu den beiden dazu. Auch sie hatten nun vollbemalte Gesichter und nackte, verzierte Oberkörper. Nur ihre Shorts hatten sie wieder angezogen, ansonsten unterschieden sie sich von ihrer Aufmachung her nicht mehr von den anderen Indianerkindern wie Davi und seinen Freunden und Brüdern.

Mike erkannte sofort an Ellys Mimik, dass sie eine abenteuerliche Idee hatte. Ohne weiter nachzufragen, hockte er sich neben seine Schwester, sah sie erwartungsvoll an und lauschte, was sie zu sagen hatte.

»Die Banditen werden wohl kaum zu Fuß so tief in den Regenwald gegangen sein, mit all ihrer Ausrüstung, meine ich. Den Zelten, Betten, Möbeln, Waffen und Arbeitsgeräten.«

»Natürlich nicht«, warf Matti ein. »Das haben wir doch gesehen, die haben riesige Planierraupen und LKWs dabei. Mit denen werden sie auch alles transportiert haben. Die schneiden sich regelrecht eine Schneise durch den Dschungel.«

Elly nickte vielsagend.

Matti begriff. »Du meinst …?«

Elly nickte erneut. »Wir stehlen einen LKW und fahren schnurstracks durch so eine Schneise zurück bis zum nächsten Ort, von dem die hierherkamen!«

»Wow!«, hauchte Mike anerkennend.

»Kann denn jemand von uns LKW fahren?«, wandte Gabriel ein.

Doch Elly winkte ab: »Kann jemand von uns Floß fahren? Das haben wir auch noch nie gemacht.«

»Ich bin schon mal einen Lastwagen gefahren«, gestand Matti. »Euer Vater hat mich auf der Baustelle mal fahren lassen!«

»Was?«, empörte sich Gabriel. »Und ich …?«

»Du hattest da gerade Grippe«, grinste Matti.

Gabriel zog beleidigt eine Schnute. »Gemeinheit!«

»Die uns jetzt viel nützt«, übernahm wieder Elly das Wort.

Doch Mike hatte noch einen anderen Einwand: »Der nächste Ort könnte ein zentrales Lager der Banditen sein. Dann würden wir direkt wieder gefangen genommen werden.«

Elly kaute wieder auf ihrer Unterlippe. »Stimmt! Aber mit einem Floß kann es uns auch passieren, dass uns die Strömung direkt in ihre Hände treibt.«

Matti fand Ellys Argumente überzeugend. »Egal, was wir machen und wohin wir gehen: Wir haben immer das Risiko, dass uns irgendwas passiert und wir nicht überleben. Ich glaube fast, einen LKW zu stehlen ist das geringste Risiko, weil wir es am ehesten abschätzen können.«

»So sehe ich das auch.« Elly hätte ihn angelächelt, weil er ihre Idee gut fand. Aber zum Lächeln war ihre Idee zu gefährlich, fand sie. Auch wenn sie gut klang, die Chance, heil durchzukommen, schätzte sie als äußerst gering ein.

»Es ist extrem gefährlich«, warnte Mike noch mal. »Nicht nur für uns, auch für die Indianer. Die wollen die Banditen doch nur beobachten und sich dann wieder zurückziehen. Wenn wir ins Lager einbrechen und einen LKW klauen, fällt das auch auf die Indianer zurück. Vielleicht werden sie dann noch mal angegriffen.«

Niemand sagte etwas auf Mikes Einwand, denn alle wussten, er hatte recht. So entstand ein Augenblick der Stille, in dem jeder über die möglichen Konsequenzen des Plans nachdachte. Aber die Frage war, welche Alternative sie hatten.

»Ich glaube nicht, dass wir jemals zurück nach Hause kommen, wenn wir bei den Indianern bleiben«, fasste Matti zusammen. »Denn sie bewegen sich immer tiefer in den Wald hinein, immer weiter von der Zivilisation fort.«

»Die ersten Tage haben wir allein zwar recht gut überstanden«, ergänzte Elly. »Aber wird das auch in den nächsten Tagen oder Wochen so weitergehen?« Sie erinnerte die anderen an die Situation, als sie plötzlich den Buschmeister entdeckt hatten – die giftigste Schlange im Regenwald, wie auch Mike und Elly inzwischen wussten.

»Die haben wir auch nur zufällig gesehen«, fiel Gabriel ein. »Ein falscher Schritt zur falschen Zeit und einer von uns wäre jetzt nicht mehr am Leben.«

Nach kurzer Diskussion waren die vier sich einig: »Wir müssen es wagen!«

Einig waren sie aber auch darin, die Indianer über ihren Plan zu informieren. Ohne deren Zustimmung wollten sie nicht auf eigene Faust einen solchen Angriff wagen. Und vermutlich würden sie auch die Hilfe der Indianer benötigen.

Abschied

Mit Hilfe des fremden Indianers konnten die Kinder dem Volk ihr Vorhaben erläutern. Mike hatte erwartet, dass sie sofort eine Antwort geben würden. Doch das war nicht der Fall. Im Gegenteil: Die Indianer zeigten keinerlei Reaktion. Stumm hörten sie zu, schienen den Plan zur Kenntnis zu nehmen und signalisierten kurz, dass sie verstanden hatten. Dann zogen sie sich zurück – ohne ein weiteres Wort zu verlieren.

Etwas ratlos und vor allem verdutzt blieben die vier zurück und fragten sich, was das Verhalten zu bedeuten hatte.

»War das jetzt eine Ablehnung?« Hilfesuchend blickte Gabriel in die Gesichter seiner Freunde, aber die wussten auch nicht weiter.

Dann aber sahen sie, wie sich alle Erwachsenen rund um die Feuerstelle versammelten, weil noch eine neue große Gemeinschaftshütte fehlte.

»Die versammeln sich, um über uns zu sprechen«, glaubte Matti zu erkennen.

»Alle?«, wunderte sich Elly.

Es schien so. Selbst Davi, seine Kumpels und die Mädchen gesellten sich dazu, wobei Mike rätselte, ob die Jüngeren nur zuhören durften oder ob sie auch Rederecht hatten. Die meisten der kleineren Kinder kuschelten sich an ihre Eltern, manche setzten sich zusammen und spielten mit Steinchen oder Stöcken oder hatten sogar ein kleines Tier dabei. Das Mädchen mit dem Chamäleon trug es immer noch auf ihrer Schulter.

Mike und seine Freunde hielten sich etwas im Abseits, doch Davi winkte sie zu sich. Und der fremde Indianer kam auf sie zu und erklärte ihnen, dass sie dabeisitzen durften, auch wenn sie nichts verstanden. Aber man pflegte keine Geheimnisse, jeder durfte seine Meinung sagen, und am Schluss wollten sie gemeinsam entscheiden. Trotzdem spürte Mike ein komisches Gefühl in der Magengegend, als er sich in die Nähe von Davi setzte. Elly blieb dicht bei ihm. Daneben setzten sich Matti und Gabriel, die – weil sie Portugiesisch sprachen – besonders aufmerksam zuhörten, in der Hoffnung, ein paar Brocken des Gesagten auffangen und verstehen zu können. Doch die Hoffnung war vergeblich. Von der Sprache der Indianer verstanden sie kein einziges Wort. Auch der Mimik und Gestik war nicht zu entnehmen, ob die Indianer aufgebracht oder sorgenvoll, genervt oder aufgeschlossen waren. Es schien eine sachliche Diskussion zu sein, und Mike konnte in den Gebärden der Sprechenden nicht erkennen, ob sie nun für oder gegen ihren Plan waren. Oder sie sich einfach nur eine Geschichte erzählten. Nicht mal eine Abstimmung bekam Mike mit. Aber nach etwa gefühlt nur zehn oder fünfzehn Minuten teilte der fremde Indianer ihnen mit: »Sie verstehen euren Plan und werden euch helfen.«

Das Ergebnis kam so unvermittelt, dass Mike gar nicht richtig wusste, wie er es aufnehmen sollte: Freudig? Dankbar? Besorgt?

»Äh …«, stotterte er.

Da kam Matti ihm zuvor, indem er sich herzlich bedankte.

Danach löste sich die Versammlung auf. Die Indianer gingen auseinander, und jeder widmete sich wieder seinen Aufgaben.

»Und nun?«, fragte Mike.

Da war wieder der fremde Indianer zur Stelle, der ihnen erklärte, dass es am nächsten Morgen bei Sonnenaufgang losgehen würde. Die Kinder sollten ihre Sachen zusammenpacken.

So viel gab es da nicht zu packen. Matti hielt es für das Beste, früh schlafen zu gehen, um Kräfte für die folgenden Tage zu sammeln. Aber an Schlaf war nicht zu denken. Erstens vor Aufregung. Zweitens – und vor allem –, weil am Abend, nachdem der abendliche Regen vorbei war und die Indianer ein Feuer entzündet hatten, es wieder mit Trommeln, Tanz und Gesang losging. Vermutlich, um die Götter zu bitten, auf diejenigen, die am nächsten Morgen losziehen würden, zu achten und sie heil nach Hause zurückzuführen.

Obwohl, was hieß schon »Zuhause«?, fragte sich Mike. Ihr Dorf war zerstört. Und das immer kleiner werdende Volk zog ohnehin nach einiger Zeit weiter, dorthin, wo die aktuellen Bedingungen fürs Überleben gerade am günstigsten waren. Ihr »Zuhause« war der gesamte Regenwald des Amazonasgebiets beziehungsweise das, was die Weißen für sie davon noch übrig ließen.

Der tägliche Regen wurde immer heftiger. Da die Indianer diesen Platz aber auserkoren hatten, hier ihr neues Dorf aufzubauen, musste es sich um eine Gegend handeln, die etwas höher lag und somit während der Regenzeit nicht vollständig überschwemmt wurde. Es gab Gebiete, in denen das Wasser in der Regenzeit dermaßen anstieg, dass die Fische und Amphibien ihr Futter aus den fünfzig Meter hohen Baumkronen knabbern konnten. Das hatte Mike in seinem Survival-Buch nachgelesen.

Der Wald verwandelte sich in dieser Zeit des Jahres an manchen Stellen komplett in eine Unterwas-

REGEN IM TROPISCHEN REGENWALD

Im Bereich des Amazonas, also um den Äquator herum, gibt es kaum unterschiedliche Tageslängen. Auch Jahreszeiten, wie wir sie in Mitteleuropa kennen, gibt es nicht.

Die Sonne steht täglich etwa zwölf Stunden am Himmel. Vormittags erwärmen sich Luft und Boden rasch, verdunstendes Regenwasser und das Wasser, das die Pflanzen durch ihre Transpiration abgeben, steigt auf. Die feuchtwarme Luft ballt sich am Himmel zu dichten Wolken.

Nachmittags oder abends regnen diese Wolken in der Regel aus, häufig in Verbindung mit einem Gewitter.

Diese Niederschläge sind im Frühjahr und im Herbst besonders intensiv: die sogenannten Regenzeiten. Die Niederschlagsmenge liegt mit jährlich 2000 bis 4000 Millimeter fünfmal höher als in Mitteleuropa, wo die Werte bei 400 bis 800 Millimeter liegen.

serwelt, aus der an der Oberfläche lediglich die Spitzen der Baumkronen herauslugten, wie kleine Inseln. Menschen und viele Tiere konnten in diesem neuen Lebensraum unmöglich bestehen, weshalb die meisten rechtzeitig flohen. In Gebiete wie diese, wo der Boden zwar ebenfalls morastig, feucht oder überschwemmt wurde, aber genügend höher liegendes Land übrig blieb, um ein Lager aufzuschlagen.

Es war sogar möglich, dachte Mike bei sich, dass der Fluss, an dem sie auf die Kaimane gestoßen waren, in der Trockenzeit gar nicht existierte, sondern nur jedes Jahr zur Regenzeit immer wieder neu entstand.

Dies war ein zusätzliches Argument für ihre Aktion, überlegte sich Mike. Würden sie weiter in den Wald hineinlaufen ohne jegliche Kenntnisse der Umgebung, konnte es schnell passieren, dass sie direkt ins Überschwemmungsgebiet wechselten, ohne es zu merken. Ähnlich manchen Touristen, die an der Nordsee unbedarft über die Sandbänke marschierten und plötzlich von der Flut überrascht wurden.

Mike hatte keine Ahnung, wie schnell die Bächlein und trockenen Schneisen hier zu metertiefen, reißenden Flüssen anschwollen, und er wollte es auch nicht ausprobieren.

Während die vier sich bei der großen Feier, die in der Katastrophe des Überfalls geendet war, noch zurückgehalten hatten, machten sie diesmal kräftig mit. Immer wenn Davi, seine Kumpels und die jugendlichen Mädchen sich in den Tanz der Erwachsenen einreihten, mischten auch sie sich unter die Tanzenden und summten die Lieder, deren Texte sie nicht kannten, laut mit. Da in der Finsternis der Nacht, das lediglich vom flackernden Feuerschein erleuchtet wurde, die helle Hautfarbe kaum zu erkennen war und die Kinder ja ebenso festlich geschmückt und geschminkt waren wie die Indianer, hätte ein Außenstehender kaum bemerkt, dass die Indianer hier mit Besuchern aus einer gänzlich anderen, fernen Welt feierten. Besucher, die dem Volk der Indios ebenso fremd und eigenartig erscheinen mussten, wie in der modernen Zivilisation vielleicht ein Besuch von Aliens eines fernen Planeten. Nur bezweifelte Mike, dass die Aliens in seiner Heimatstadt so liebevoll und nett empfangen worden wären, wie die Indianer sie hier aufgenommen hatten. Erst jetzt wurde Mike bewusst, dass sie nichts anderes feierten als ihren endgültigen Abschied von gerade neu gewonnenen Freunden. Er hatte keine Ahnung, ob die Indianer genauso empfanden oder ob sie die vier Kinder aus der fremden Welt von vornherein nur als kurzzeitigen, wenngleich auch interessanten Besuch gesehen hatten. Ihm fiel auf, dass keiner der Indianer versucht hatte, etwas über die fremde Welt zu erfahren. Als Matti ihnen das Messer gezeigt und geschenkt hatte, hatten sie es interessiert zur Kenntnis genommen, das Geschenk dankend angenommen – und dann weiter ihre einfachen Werkzeuge benutzt. Nur der Schamane hatte ein modernes Messer verwendet, um dem fremden Indianer zu helfen. Aber niemand hatte Neugier gezeigt. Vielleicht nahmen sie die moderne Welt als reine Bedrohung wahr, von der sie deshalb nichts weiter wissen wollten? Möglicherweise wollten sie einfach so weiterleben, wie sie es seit Jahrhunderten gewohnt waren. Und baten ihre Götter darum, dass sie dies weiter tun konnten.

Im Laufe des Abends erläuterte ihnen der fremde Indianer noch, dass der Spähtrupp nicht nur danach schauen sollte, ob sie sich hier an dem neuen Platz niederlassen konnten, sondern auch, ob es eine Möglichkeit gab, ihre getöteten Verwandten zu sich zu holen, um sie nach ihren alten traditionellen Ritualen zu verabschieden. Das hieß für diesen Stamm, die Leichen zu verbrennen und einen Teil ihrer Asche zu essen, um die Verwandten für immer in sich zu tragen.

Bei den Indianern hatten Mike und seine Freunde die unbeschwertesten Tage seit ihrem Rundflug erlebt. Diese gingen nun zu Ende, und nicht nur Mike befürchtete, dass ab morgen wieder ein harter Überlebenskampf auf sie wartete. Trotz seiner Aufregung und all der Gedanken, die ihm durch den Kopf schwirrten, fielen Mike irgendwann die Augen zu, und er schlief ein.

Als Davi ihn am Morgen weckte, hatte Mike das Gefühl, kaum geschlafen zu haben. Die pechschwarze Nacht begann dem Morgenrot zu weichen. Zwar war der Sonnenaufgang hier im dichten Wald nicht zu sehen, aber das warme Licht der Morgendämmerung fiel dennoch auf die Lichtung und verlieh dem anbrechenden Tag eine verheißungsvolle Frische. Sie hielt allerdings nur wenige Minuten an, dann wurde Mike durch die Gedanken an das, was ihnen bevorstand, schnell hellwach. Er und die anderen drei packten ihre wenigen Habseligkeiten zusammen und bemerkten, dass der gesamte Stamm längst auf war und sich um sie herum zur Verabschiedung aufgestellt hatte. Der Schamane ging auf sie zu, sagte irgendwas, blies Rauch in die Luft und nickte ihnen zu. Mike vermutete, er hatte ihnen für ihre Reise gerade den Segen der Götter herbeigerufen.

Dann marschierte die kleine Gruppe los: Mike, Elly, Matti, Gabriel, begleitet und geführt von nur vier Indianern. Und Davi, der ebenfalls mitdurfte. Zu Mikes großem Erstaunen trugen die Indianer nichts bei sich – außer ihren Waffen: Blasrohre, Pfeil und Bogen sowie Speere. Sonst nichts. Nicht einmal einen Trinkvorrat oder eine Hängematte. Offenbar würden sie sich alles, was sie zum Leben brauchten, unterwegs holen. Mike umfasste seine Tasche mit den wenigen Habseligkeiten. Er war trotzdem froh, dass er ein Messer, eine Taschenlampe und eine Flasche mit Wasser dabeihatte. Und ein Gewehr.

Ruhig und besonnen führten die Indianer sie durchs Dickicht. Bei jedem Schritt hatte Mike das Gefühl, sie wüssten genau, wo sie hinzutreten hatten, welchen Schritt sie machen mussten und welche Richtung sie lieber mieden. Kein einziges Mal stoppten sie, stutzten oder überlegten, kehrten um oder probierten einen anderen Weg aus. Im Gegenteil, immer mal wieder bogen sie irgendwo ab, wischten einen Strauch beiseite oder gingen fast durch ihn hindurch und führten die Kinder Wege entlang, wo Mike nicht mal einen Pfad vermutet hätte. Wenn sie irgendwo stehen blieben, dann nur, weil sie sich plötzlich auf der Jagd befanden, um ihr Abendessen zu schießen. Ansonsten aber pflückten sie unterwegs Beeren und Pflanzen, steckten sie sich in den Mund und kauten, während sie weitergingen. Auch Mike und die anderen bekamen von den Pflanzen etwas ab. Mike kannte kein Einziges der Gewächse, und auch die Beeren und Früchte, die sie zu essen bekamen, waren ihm bis dato völlig unbekannt gewesen. Matti hingegen kannte zumindest die Beeren, die zwei der Indianer gerade von einer über zwanzig Meter hohen Palme pflückten. Sie sahen aus wie Heidelbeeren. Als Elly probierte, ging ein breites Lächeln über ihr Gesicht: »Schmeckt schokoladig!«, rief sie begeistert.

»Gut, oder?«, fragte Matti und stopfte sich ebenfalls den Mund voll. »Das ist die Açai-Beere. Die ist mittlerweile auch in Europa in den Städten total angesagt. Für Smoothies und Fitness-Müslis und so. Sie sollen total gesund sein.«

Und sie schmeckten. Nicht nur Elly stopfte sich damit voll. Mike versuchte, sich möglichst viel zu merken, damit sie später auf ihr Wissen zurückgreifen konnten, falls ihr Plan misslang und sie sich doch weiter allein durch den Dschungel schlagen mussten, was sie eigentlich vermeiden wollten.

Nach einem halben Tagesmarsch nahmen die Indianer wieder eine Abzweigung, von der Mike niemals geglaubt hätte, dass man an dieser Stelle des Dschungels hindurchgehen konnte. Wenige Meter später gelangten sie an den Fluss.

»Ob wir auch auf unseren Wegen manchmal so nah am Wasser waren und es nur nicht gemerkt haben?«, fragte Elly leise.

Genau das hatte Mike sich auch gerade gefragt. Wie oft hatten sie sich zum Ziel gesetzt, Wasser zu finden, weil ihnen am Fluss die Chance am höchsten erschien, auf andere Menschen zu treffen. Auf ihrem gesamten strapaziösen Weg waren sie nie auf Wasser gestoßen. Und auch jetzt hätten sie es nicht gefunden, wenn die Indianer sie nicht hierhin geführt hätten.

Während sich die vier aufgrund ihrer Erfahrung mit

dem Kaiman vorsichtig zurückhielten, schritten die Indianer sofort zur Tat. Zwei von ihnen legten sich ihre Bogen zurecht, stiegen bis zu den Kniekehlen ins Wasser, spähten Fische aus und nahmen sie ins Visier.

Mike wusste aus seinem Survival-Buch, wie schwer es war, Fische mit Pfeil und Bogen zu erlegen. Denn die Fische befanden sich niemals exakt an der Stelle, wo man sie sah. Die Wasseroberfläche spielte den Augen durch die Brechung des Lichts einen falschen Standort vor. Eine optische Täuschung, die man beim Zielen mit dem Bogen mit einrechnen musste, sonst hatte man keine Chance, den Fisch zu treffen. Die Indianer hatten damit offenbar keine Probleme. Von Kindesbeinen an hatten sie wohl von den Großen gelernt, mit dem täuschenden Abbild umzugehen. Sie hielten den Bogen exakt richtig – und trafen. Fast jeder Schuss ein Treffer. In kürzester Zeit hatten die beiden acht oder zehn Fische am Spieß aus dem Wasser geholt. Eine äußerst effektive Jagd, weil sie ihre Pfeile bei dieser Art der Jagd nicht verloren.

Die anderen beiden Indianer entfachten am Ufer ein Feuer, und nur kurze Zeit später saßen sie alle um das wärmende Feuer herum und ließen sich die gegrillten Fische schmecken. Rechtzeitig vor den heftigen abendlichen Regengüssen hatten sie vorzüglich gespeist und zogen sich nun unter die Bäume mit den dichtesten Laubkronen zurück, um möglichst wenig Regen abzubekommen. Es fiel nicht schwer, diese Bäume auszumachen, weil sich in deren Ästen eine ganze Affenhorde schutzsuchend versammelt hatte. Die Tiere erwiesen sich als gute Guides.

Zusätzlich bauten die Indianer zusammen mit den Kindern ein Dach aus Blättern, Zweigen und Schilf, so dass sie es trotz der Regenfluten schafften, weitgehend trocken zu bleiben. Die Indianer hatten geschickt einen kleinen Hügel als Schlafplatz gewählt, von dem das sich ansammelnde Wasser sofort abfloss. Er hatte sich durch Laubablagerungen des Baumes, unter dem sie lagen, gebildet. Einigermaßen trocken, eng aneinanderliegend, leicht beleuchtet und gewärmt durch das schützende Feuer vor ihrem Lager, schliefen Mike und die anderen bald ein. Sie wussten, am nächsten Tag würde es wieder in aller Frühe weitergehen.

Ebenso früh wie bei der Abreise standen die Indianer auch am nächsten Morgen parat. Mike und seine Freunde diesmal allerdings ebenso. Zum Frühstück gab es Beeren und Früchte, die nicht nur den Hunger stillten, sondern zugleich genug Flüssigkeit enthielten, um den Morgentrunk zu ersetzen. Als sie losmarschierten, hatte Mike den Eindruck, dass ihnen weitgehend nachtaktive Tiere begegneten und die tagaktiven Tiere noch schliefen. Und von »Marschieren« konnte man eigentlich auch nicht sprechen, dachte Mike bei sich. Eher »glitten« die Indianer lautlos durch den Dschungel. Mike hatte aber das Gefühl, ihm und seinen Freunden gelinge diese Art, sich durch den Regenwald fortzubewegen, auch immer besser. Den ganzen Vormittag schritten sie so durch den Wald und sprachen kaum ein Wort miteinander, bis einer der Indianer stehen blieb, so wie Mike es bereits von Davi und der Jagd kannte. Sie gaben kein Zeichen, sagten nichts, sondern blieben einfach abrupt stehen. Und lauschten.

Mike konnte es auch hören: Stimmen! Nicht allzu weit entfernt. Eine ähnliche Situation hatte Mike schon einmal erlebt, als sie den fremden Indianer fanden. Aber dieses Mal brauchten Davi und die anderen Indianer Mike und seine Freunde nicht zu Boden zu reißen. Sie trugen nur ihre Shorts und hatten ihre Oberkörper und Gesichter bemalt wie die Indianer. Selbst Elly trug kein Oberteil mehr. Hatte sie sich beim Schwimmen im Fluss noch geziert, sich vor ihren Freunden auszuziehen, war es für sie etwas anderes, seit die Indianermädchen sie bemalt hatten. Ihre Bemalung erwies sich als geschickte Tarnung. Ebenso wie die Indianer standen die vier Kinder jetzt still und bewegungslos in den Büschen und waren so gut wie unsichtbar. Für einen kurzen Moment dachte Mike an sein Zuhause in Deutschland zurück, an seine Schule, seine Freunde und Mitschüler. Die hätten gestaunt, wenn sie ihn jetzt so gesehen hätten: fast nackt, in grünschwarzroter

Kriegsbemalung, gemeinsam mit echten Indianern, unsichtbar im Dickicht des Dschungels, bewaffnet und bereit, dem Feind in die Augen zu sehen.

Und genau das tat er jetzt: Kaum hatte sich die kleine Gruppe unsichtbar in den Pflanzen versteckt, zogen zwei Arbeiter des Banditenlagers direkt an ihnen vorbei. Mike war sehr erstaunt darüber, denn er hätte nicht gedacht, dass sie so schnell schon das alte Dorf der Indianer erreichen würden. Aber sie schienen sich bereits in dessen unmittelbarer Nähe zu befinden. Mike wusste nicht, was die beiden Banditen allein hier im Dickicht zu suchen hatten. Vielleicht sollten sie etwas auskundschaften? Oder sie suchten etwas? Oder wollten etwas verstecken?

Er erfuhr es schneller und deutlicher, als ihm lieb war. Denn plötzlich blieb einer der beiden stehen, stellte sich breitbeinig hin und öffnete seinen Hosenschlitz, während der andere nur ein paar Schritte weiterging und offenbar das Gleiche tun wollte.

Verdammt!, dachte Mike bei sich. Der wird mich doch nicht etwa anpinkeln?

Er stand genau in dem Busch, den der Bandit sich als Pissoir ausgesucht hatte. Ohne lange nachzudenken, was er jetzt tun konnte oder tun sollte, handelte Mike fast instinktiv. Er streckte seinen Kopf nur ganz leicht vor, so dass sein kriegsbemaltes Gesicht für einen Moment so eben aus dem Busch herauslugte und glotzte den Banditen an. Der Bandit erschreckte sich so sehr vor dem völlig unverhofft aus dem Busch auftauchenden, gefährlich aussehenden Gesicht, dass er mit einem Aufschrei und weit aufgerissenen Augen zwei, drei Schritte zurückwich und um ein Haar rücklings umgefallen wäre. Doch dazu kam es gar nicht. Weil der Aufschrei sie hätte verraten können, schnellte einer der Indianer hervor, packte den Banditen, versetzte ihm einen Schlag, der den Mann augenblicklich bewusstlos zusammensacken ließ, und verschwand wieder in den Büschen. Es passierte so schnell und so leise, dass Mike für einen Moment unsicher war, ob er das wirklich alles beobachtet hatte. Aber vor ihm lag der Bandit und rührte sich nicht mehr. Also war es wohl die Realität. Der zweite Bandit merkte nichts. In Ruhe erledigte er sein Geschäft, drehte sich um und – entdeckte erst dann seinen bewusstlos daliegenden Kumpanen. Verwirrt bückte er sich zu ihm hinunter, wollte ihn gerade rütteln, als der Indianer wieder aus dem Busch heraus angriff. Eine Sekunde später lagen beide Banditen am Boden.

Die Indianer wollten weiterziehen, doch Matti bedeutete ihnen, sie sollten noch kurz warten. Er hockte sich zu den beiden Bewusstlosen und durchsuchte sie. Beide waren bewaffnet. Der eine mit einem Revolver, der andere mit einer Pistole. Matti nahm ihnen beide Waffen ab, fand noch zwei Messer, ein paar Geldscheine sowie eine Machete. Die Kinder teilten die Beute unter sich auf. Die angebrochenen Zigarettenpäckchen ließen sie liegen. Ein Feuerzeug und ein halbgefülltes Päckchen Streichhölzer nahmen sie natürlich mit. Einer trug ein Fläschchen an seinem Gürtel. Matti nahm auch dieses samt Gürtel mit, öffnete die Flasche, roch daran und verzog das Gesicht. »Alkohol!«, stellte er fest. »Aber gut zum Desinfizieren.«

Dann gab er den Indianern ein Zeichen, dass sie fertig waren und weiterziehen konnten. Dem Gesichtsausdruck der Indianer war mal wieder nichts anzumerken. Aber Mike konnte sich gut vorstellen, dass sie sich gerade fragten, was die Stadtkinder mit all dem Krempel, den sie sich in die Taschen steckten, anfangen wollten.

Dann zogen sie weiter. Und nicht nur Mike wurde bewusst, dass sie ab jetzt extrem vorsichtig sein mussten. Sie befanden sich nur wenige Minuten vom ehemaligen Dorf der Indianer entfernt, wo jetzt die Banditen ihr neues Lager für eine neue Baustelle aufschlugen. Schon hörte Mike genau das, weshalb sie hierhergekommen waren: den Motorenlärm eines LKW!

Flucht

Mikes Herz schlug schneller. Vor Aufregung, weil tatsächlich Lastwagen da waren, wie sie gehofft hatten. Ihre Rettung schien so nah wie nie zuvor. Würde sie ihnen gelingen? Oder würde der Plan schiefgehen? In dem Fall stand ihnen eine erneute Gefangenschaft oder gar Schlimmeres bevor. Mike war sich sicher: Ein zweites Mal würden sie nicht so leicht aus der Gefangenschaft fliehen können.

Die Indianer hatten das Motorengeräusch natürlich ebenso wahrgenommen. Für sie konnte es nur eines bedeuten: Gefahr und Bedrohung. Mike erinnerte sich, wie sie auf das Flugzeug reagiert hatten, das einmal über sie hinweggeflogen war: Sie hatten sich in Kampfstellung begeben, als hätte der Angriff eines ungeheuerlichen Raubtieres bevorgestanden. Das LKW-Geräusch löste ähnliche Reaktionen bei ihnen aus. Sie duckten sich weg. Die Speere und Blasrohre blitzartig im Anschlag, versuchten sie genauer zu orten, woher das Geräusch kam und wie weit es wohl entfernt sein mochte. Obwohl Matti ihnen von Lastwagen erzählt hatte, als er ihnen ihren Plan erläutert hatte. Die Indianer hatten verständnisvoll genickt. Aber nun zeigte sich, dass sie wohl doch nicht alles so genau verstanden hatten. Oder sie konnten sich unter einem LKW einfach nichts vorstellen. Es war möglich, dass die Indianer noch nie eine der riesigen Baustellen gesehen hatten. Schließlich waren sie jedes Mal schon vertrieben worden, bevor die schießenden, mordenden und brandschatzenden Männer ihr Lager aufschlugen. Und wenn deren schwere Maschinen, Bagger, Planierraupen und LKW nachrückten, hatten sich die überlebenden Indianer womöglich stets längst in die Tiefen des Waldes zurückgezogen und sich einen neuen Platz gesucht. Möglicherweise waren sie mit den weißen Kindern das erste Mal zum Ort der Vertreibung zurückgekehrt, um ihre Toten zu suchen und zu bergen?

Matti versuchte, die Indianer zu beruhigen, was ihm nur schwer gelang, weil er selbst viel aufgeregter war als sie. Es war natürlich nicht das Motorengeräusch, das Matti beunruhigte, sondern die Tatsache, dass sie sich unmittelbar am Rand der Banditensiedlung befanden und jeden Moment überrascht und geschnappt werden konnten. Und möglicherweise auch der Gedanke daran, wie die Indianer reagieren würden, wenn sie die riesigen Baumaschinen erst sehen würden, statt nur einen LKW zu hören.

Matti rief die Indianer zusammen und versuchte, ihnen seinen Vorschlag mit Hilfe einer Zeichnung in der feuchten Erde zu verdeutlichen.

»Wir bleiben hier und warten, bis es Nacht wird«, sagte er auf Deutsch, während er versuchte, diesen Satz mit einer Zeichnung verständlich zu machen. Portugiesisch sprachen die Indianer auch nicht, aber auf Deutsch konnten wenigstens Mike und Elly seinen Ausführungen folgen.

»In der Nacht spähen wir das Lager aus«, schlug Matti weiter vor. »Wir schleichen uns an einen LKW heran, ich setze mich an Steuer, und wir fahren los!«

»Und wenn der LKW abgeschlossen ist?«, fragte Mike.

Matti schaute ihn verständnislos an. »Warum sollte er? Wer soll denn hier einen LKW klauen? Die Indianer?«

Wir!, wollte Mike erst antworten. Aber er unterließ es. Mit ihnen konnten die Banditen auf keinen Fall rechnen.

»Deshalb wird auch der Schlüssel stecken«, erläuterte Matti weiter. »Sie haben ja nichts zu befürchten. Und so können sie ihn jederzeit nutzen.«

»Aber … der Weg?«, fragte Elly. »Woher wissen wir, in welche Richtung wir fahren müssen? Es ist so schon nichts zu sehen im Dschungel, aber in der tiefschwarzen Nacht? Selbst wenn der Weg nur wenige Meter von uns entfernt liegt, würden wir ihn nicht finden!«

Mike konnte Ellys Einwand durchaus nachvollziehen. »Und wenn wir falsch fahren, können wir sehr leicht nach wenigen Metern irgendwo stecken bleiben«, ergänzte er. »In einem Busch, in einem Schlammloch, in …«

»… oder wir krachen gegen einen Baum«, gab Gabriel zu bedenken.

»Ja, ja!«, Matti winkte ab. »Schon gut. Ihr habt recht. Wir sollten …«

… zunächst den Weg suchen und erkunden, hatte er gerade sagen wollen, als zwei Indianer zurückkehrten, von denen Mike nicht mal bemerkt hatte, dass sie zwischendurch abgehauen waren. Einer der beiden Indianer hockte sich neben Matti, nahm ihm das Stöckchen aus der Hand und zeichnete zwei parallele Striche in die Erde. Mike hatte keine Ahnung, was sie bedeuten sollten. Doch dann zeichnete der Indianer etwas Seltsames dazu: einen Kasten, darunter zwei Kreise. Rundherum ein paar Strichmännchen. Dann weitere Kästen mit jeweils zwei Kreisen darunter.

Elly begriff als Erste, was der Indianer zeigen wollte: »Er hat den Weg entdeckt und die LKW gesehen!«

Sie zeigte auf die zwei parallelen Linien: Das war die freie Schneise für die Lastwagen, die »Straße«. Und die Kästen mit den Kreisen darunter stellten die LKW dar. Mike erinnerte sich, wie Davi von einem Überfall erzählte und jeden einzelnen getöteten Indianer aufgezeichnet hatte. Demnach hatte dieser Indianer drei LKW gesehen, denn er hatte drei solcher Kästen in den Sand gezeichnet.

Matti fragte ihn mit Gesten, wo genau die Lastwagen standen und wo er die Straße entdeckt hatte. Der Indianer antwortete darauf, indem er einfach losging.

Sie näherten sich auf jeden Fall dem Camp der Banditen, denn neben dem Motorengeräusch der LKW, das nun verstummte, waren jetzt Stimmen zu hören. Die Lastwagen hatten also geparkt, die Fahrer waren ausgestiegen. Offenbar berieten sie jetzt weiter über den Aufbau des Camps. Mike dachte an die beiden Banditen, die sie überwältigt hatten. Die waren nur bewusstlos, lebten aber noch. Es war also nur eine Frage der Zeit, wann sie aufwachen und Alarm schlagen würden.

»Matti!«, flüsterte Mike und schilderte ihm, was ihm durch den Kopf gegangen war. »Wir können nicht auf die Nacht warten.«

»Du hast recht«, stimmte Matti ihm zu.

Elly hatte es von Anfang als zu schwierig angesehen, erst nachts einen LKW zu stehlen. »Wir müssen es sofort machen. Sobald wir einen Wagen entdecken.«

Auch ihr stimmte Matti zu.

Dann wurde er von Davi angestoßen, der ihm bedeutete, dass sie still sein sollten. Die Indianer verlangsamten das Tempo, gingen aber unbeirrt weiter. Vollkommen geräuschlos, Schritt für Schritt. Mike und seine Freunde ahmten es nach. Verwundert stellte Mike fest, wie gut es ihnen gelang. Nachdem sie sich soeben das erste Mal im Dschungel unsichtbar gemacht hatten, schafften sie es nun sogar, sich völlig lautlos durch den Wald zu bewegen. Mike erwischte sich dabei, wie er sich für einen Moment unbesiegbar fühlte. Leider hielt dieses Gefühl nur kurz an. Die Indianer stoppten. Durch das Gestrüpp hindurch sahen sie die Lastwagen! Keine dreißig Meter von ihnen entfernt. Und schon bekam Mike ein mulmiges Gefühl. Die Banditen hatten die drei Lastwagen hintereinander geparkt, den letzten allerdings andersherum. Somit wirkten die drei Wagen ein wenig wie ein kleiner Zug, mit einer Lok an jedem Ende. Um mit dem letzten LKW loszufahren, musste er also nicht erst gewendet werden. Das war ihre große Chance, schnell damit abzuhauen!

Mike und Matti wechselten stumm Blicke, und beide wussten, dass sie gerade den gleichen Gedanken gefasst hatten. Auch Elly und Gabriel signalisierten wortlos, dass sie verstanden hatten. Sie mussten schnell und vor allem entschlossen handeln. Matti tippte Davi an und versuchte, es ihm mit Handzeichen zu erklären.

Davi nickte. Dann schaute er kurz zu den erwachsenen Indianern, die wieder mal überhaupt keine Regung zeigten. Außer, dass sie ihre Bogen bereithielten. Matti nahm an, der Plan ging für sie in Ordnung.

Nun war also der endgültige Abschied gekommen. Gern hätte Mike sich von ihren Rettern und neuen Freunden ausführlich verabschiedet, aber er wusste, dass dies nicht möglich war. Sie mussten sofort losschlagen, solange die LKW dort leer und unbewacht standen. So atmete er nur einmal tief durch und bemerkte, dass die anderen das Gleiche taten. Ihnen erging es also nicht besser. Matti zeigte mit den Fingern an, dass er nun bis drei zählen würde. Er hob drei Finger in die Höhe zum Rückwärtszählen: drei. Er senkte dann den Mittelfinger. Zwei. Dann den Zeigefinger. Eins. Nun den Daumen.

Los!

Matti spurtete los so schnell er konnte. Mike kam kaum hinterher. Elly war schneller als er, überholte ihn. Mike schaute sich um. Gabriel blieb dicht hinter ihm. Nur dreißig Meter, die Mike aber vorkamen wie mehrere Kilometer. Wurden sie gesehen?

Jetzt hatte Matti den LKW erreicht. Er lief um den Wagen herum, um durch die Fahrertür einzusteigen. Da war Elly schon an der Beifahrertür. Sie sprang aufs Trittbrett, wollte die Tür öffnen, schaffte es aber nicht.

Verdammt! War die zu? Oder nur zu schwergängig? Elly probierte es nicht lange aus. Das Fenster stand offen. Blitzartig hangelte sie sich hoch. Die Hände auf dem Fenstersims abgestützt, einen Fuß auf den Türgriff, dann sprang sie Kopf voran durchs Fenster ins Fahrerhaus. Matti saß bereits am Lenkrad, suchte nach dem Zündschlüssel. Der steckte zum Glück im Schloss, wie sie gehofft hatten.

Mike machte es seiner Schwester nach. Er sprang aufs Trittbrett, zog sich dann am Außenspiegel hoch, wollte sich mit einem Fuß nun aufschwingen zum Türgriff. Doch an dem hielt sich jetzt Gabriel fest, der noch auf dem Trittbrett stand. Der Wagen startete. Matti gab Vollgas, aber der Wagen befand sich im Leerlauf. Der Motor röhrte auf.

Dadurch wurden die Banditen aufgeschreckt. Mike hörte erste Rufe auf Portugiesisch, die er nicht verstand. Gabriel hingegen wusste genau, was sie riefen.

»Fahr los, Matti!«, brüllte er durchs offene Fenster.

Matti legte einen Gang ein und drückte aufs Gaspedal. Ruckelnd zog der LKW los.

Mike und Gabriel, die noch außen am Wagen hingen, mussten sich sehr festhalten, um nicht herunterzufallen. Der Lastwagen nahm Fahrt auf, schaukelte auf dem unebenen Untergrund wild hin und her.

»Kommt rein!«, rief Elly, die den Kopf aus dem Fenster hielt, um nach ihrem Bruder und Gabriel zu sehen.

»Geht nicht!«, rief Gabriel zurück. »Es schaukelt zu sehr!«

»Festhaaaaalteeeeen!«, brüllte Matti aus dem Fahrerhaus.

Aber das taten Gabriel und Mike ja ohnehin schon. Mit beiden Händen umklammerte Mike jetzt den Außenspiegel. Gabriel stand noch immer auf dem Trittbrett und hielt sich nun am Fensterrahmen fest. Mike hatte den Fuß auf die Türklinke gestellt und klammerte sich fast wie ein Äffchen an die Wagentür. Elly griff nach Gabriels Armen, um ihn durchs Fenster hineinzuziehen. Gabriel half mit, indem er sich mit den Händen hochstemmte und versuchte, mit den Füßen an der Tür Halt zu bekommen. Er hing mit dem Oberkörper schon halb im Fahrerhaus, als Mike nach hinten blickte und sah, wie einige Banditen hektisch zu den anderen beiden Lastwagen rannten. Doch kurz bevor sie diese erreichten, schossen einige Pfeile gegen die Plane und die Türen der Wagen.

Die Banditen stoppten erschrocken und warfen sich auf den Boden. Sie schauten sich um, fragten sich wohl, woher die Pfeile kamen. Aber sie konnten keinen der »unsichtbaren« Indianer entdecken.

Für einen Moment schienen sie ratlos zu sein und zu

überlegen, was sie tun sollten: ihre Waffen holen, um gegen die Indianer vorzugehen oder von der anderen Seite in die Lastwagen springen, um dem entführten Wagen zu folgen.

Von Gabriel schauten nur noch die Füße aus dem Fenster, die jetzt aber auch verschwanden. Gabriel war drinnen!

»Und jetzt du!«, rief Elly ihrem Bruder zu.

»Okay!«, antwortete Mike, während sie sich von den Banditen immer weiter entfernten.

Aber sie hatten sich entschieden, dem LKW zu folgen. Mike sah noch, wie die Beifahrertüren der anderen LKW aufschwangen. Auf der Fahrerseite prasselten weitere Pfeile auf die Lastwagen ein.

»Jaaaa!«, jubelte Mike. »Sie haben die Reifen getroffen!«

Elly schaute kurz zurück und konnte bestätigen, was Mike gerade gesehen hatte.

»Super!«, freute sie sich. »Dann können sie uns erstmal nicht verfolgen. Los komm!«

Mit ihrer Hilfe schwang sich jetzt auch Mike ins Fahrerhaus. Die Sitze waren breit genug, dass sie zu viert nebeneinandersitzen konnten.

Matti gab unvermindert Gas und steuerte den großen, schweren Lastwagen sicher die Schneise entlang, die die Banditen für die LKW und Baufahrzeuge in den Regenwald geschlagen hatten.

Mike schaute noch einmal aus dem Fenster nach hinten. »Alles klar!«, rief er. »Niemand verfolgt uns!«

»Juchuuu!«, jubelte Matti. »Jetzt müssen wir am Ende der Straße nur noch auf Leute treffen, die keine Banditen sind. Hoffentlich haben wir weiter so ein Glück!«

Gabriel klatschte vor Freude in die Hände. »Endlich nach Hause!«

Mike schaute wehmütig aus dem Fenster zurück. Ihm wurde in diesem Moment bewusst, dass er die Indianer nie wieder sehen würde.

Aber vielleicht täuschte er sich …

(Vorläufiges) Ende

Schaffen Mike und seine Freunde es zurück nach Hause?
Das spannende Abenteuer geht weiter in Band 3, blättere schnell um …

Andreas Schlüter

SURVIVAL

IM AUGE DES ALLIGATORS

Band 3

LESEPROBE

(ISBN 978-3-7373-4132-5)

Matti gab weiter Vollgas. Nach Mikes Auffassung konnte es nicht mehr lange dauern, bis sie auf Menschen treffen würden. Die Frage war nur, auf welche Art Menschen sie in Kürze stoßen würden: Gangster in einem Camp oder normale, friedliche Bauarbeiter?

»Wir müssen erst mal aus dem Dickicht hier heraus«, sagte Matti. »Bestimmt mündet diese Schneise in eine breitere Straße, die dann zu irgendeiner Baustelle führt.«

»Hoffentlich!«, stimmte Mike ihm zu. Allen vieren war klar, dass die Gangster ihre illegalen Lager möglichst geheim halten wollten und diese deshalb nur in schwer zugänglichen Gebieten aufgeschlagen wurden. Aber im brasilianischen Regenwald genügte es, nur eine halbe Stunde Fahrt oder weniger von den offiziellen Routen abzuweichen, um vollkommen unentdeckt bleiben zu können.

»Seht ihr?«, sagte Matti und zeigte nach vorn. »Der Weg wird schmaler und undurchdringlicher. Bestimmt, um die Abzweigung von der offiziellen Route zu tarnen.«

»Oder wir haben uns verfahren und stecken gleich fest«, unkte Elly.

Matti schaute sie mit einem Seitenblick an. »Verfahren? Wie das denn? Du hast doch gesehen, dass ich die ganze Zeit einfach nur der einzigen Schneise gefolgt bin, die es hier gibt. Das war ja fast wie ein Zug auf Schienen, da kann man sich gar nicht verfahren!«

»Willst du uns Angst machen?«, fragte Mike seine Schwester.

Elly schüttelte energisch den Kopf. »Überhaupt nicht. Aber irgendwie habe ich so ein komisches Gefühl.«

»Gefühl?«, wiederholte Mike. »Was denn für ein komisches Gefühl?«

»Wie eine Vorahnung!«, gestand Elly. »Ich weiß auch nicht.«

»Och Mensch, Elly!«, meckerte Mike. »Hast du wieder Fieberphantasien oder was?«

»Oder bist du unter die Schamanen gegangen und siehst die Zukunft voraus?«, scherzte Matti.

»ACHTUNG!«, schrie Gabriel.

Im selben Moment sah auch Matti die kleine Horde Affen, die den schmalen Weg im Dickicht kreuzten.

Matti trat mit ganzer Kraft auf die Bremse. Die Räder blockierten. Der uralte LKW ächzte und kam ins Schlingern, rutschte über den morastigen Boden, ließ jeden Steuerungsversuch ins Leere laufen, brach zur linken Seite aus und …

»FESTHALTEN!«, brüllte Matti.

… krachte in die Büsche und blieb dort stecken.

Für einen kurzen Moment erinnerte Mike dieser Crash an ihren Flugzeugabsturz, wobei der natürlich erheblich heftiger und gefährlicher gewesen war. Da niemand von ihnen angeschnallt war, weil es auch gar keine Gurte gab, war dieser Unfall allerdings dennoch keineswegs ungefährlich gewesen. Mike hatte sich mit aller Kraft gegen das Armaturenbrett stützen müssen, um nicht vorn gegen die Windschutzscheibe zu knallen. Auch die anderen hatten sich gut abfangen können. Glücklicherweise hatten die Büsche den Crash sehr gut abgefedert. Wären sie statt in die Büsche gegen eine Wand oder auch nur einen der vielen mächtigen Baumstämme gefahren, wäre die ganze Sache vermutlich nicht so glimpflich ausgegangen.

»Alle okay?«, fragte Matti.

»Ja!«, antwortete Gabriel. Seine Kopfwunde, die er sich beim Flugzeugabsturz zugezogen hatte, war inzwischen recht gut verheilt. Dennoch war Gabriel immer noch äußerst vorsichtig, um nicht mit dem Kopf irgendwo gegen zu stoßen. Die Freunde hatten keine

Ahnung, wie lange der Absturz eigentlich schon her war. Ihre Handys hatten die Gangster ihnen abgenommen als sie kurzzeitig gefangen gehalten worden waren. Aber die Akkus wären ohnehin längst leer gewesen. Und irgendwann, als sie bei den Indianern gelebt hatten, hatten sie aufgehört, die Tage zu zählen. Unwillkürlich fasste Gabriel sich an den Kopf, obwohl er nirgends gegen gestoßen war.

»Mann!«, beschwerte er sich. »Wie fährst du denn?«

»Was sollte ich denn machen?«, verteidigte sich Matti. »Etwa die Affenfamilie überfahren?«

»Du hättest langsamer fahren können«, pflichtete Elly Gabriel bei.

Doch Matti wehrte ab: »Mensch, Leute, wir sind auf der Flucht. Ist doch klar, dass ich da Gas gebe.«

Mike schaute skeptisch aus dem offenen Fenster der Beifahrerseite.

»Hoffentlich ist nichts kaputtgegangen, und wir kriegen den Laster wieder in Gang.«

Matti startete den Motor, der beim Aufprall abgesoffen war. Er brauchte drei bange Versuche, doch dann röhrte der Motor wieder durch den Dschungel.

»Gott sei Dank!« Er atmete auf.

Dann legte er den Rückwärtsgang ein, um sie aus den Büschen wieder herauszumanövrieren, doch der Wagen rührte sich nicht. Matti gab noch mehr Gas.

»Das klingt nicht gut!«, stellte Mike fest und schaute

aus seinem Fenster nach hinten. Ihm schien, die Räder drehten durch. Sehen konnte er die hinteren Räder allerdings nicht. Dafür aber den vorderen rechten Reifen.

»Verdammt!«, fluchte Mike. »Der Reifen ist platt!«

»Das ist nicht dein Ernst«, kommentierte Matti. Er wollte es nicht wahrhaben. »Bitte nicht!«

Er wollte aussteigen, um nachzusehen. Doch die Fahrertür öffnete sich nur einen kleinen Spalt, bis sie gegen etwas stieß, das die Tür blockierte.

»Verflucht!«, schimpfte er. »Genau vor der Tür steht ein Baum. Ich komme hier nicht raus!«

»Da haben wir aber Glück gehabt, dass wir an dem Baum vorbeigeschrammt und nicht dagegengeknallt sind!«, erkannte Elly.

»Stimmt!«, sagte Mike und öffnete die Tür auf seiner Seite. »Hier ist aber alles frei.«

Mike kletterte aus dem Wagen, sprang vom Trittbrett und – sackte bis zum Knie im matschigen Morast ein.

»O nein!«, rief er. »Wir sind in einem Moor gelandet oder so.«

»Moor?«, wiederholte Gabriel. »Das ist der Beginn der Regenzeit. Mehr nicht.«

»Mehr nicht?«, nahm Mike den Faden von Gabriel auf. »Sieh dir das an!« Mike zeigte auf den hinteren Teil des LKW, der fast bis zum Beginn der Ladefläche im Schlamm steckte. Es hatte also gar nicht an seinem Blickwinkel gelegen, dass er eben das Hinterrad nicht hatte sehen können. Vielmehr war das Hinterrad gänzlich im Schlick verschwunden! »Wir stecken fest. Aber endgültig!«

Die anderen drei kletterten auf der Beifahrerseite aus dem Wagen, aber vorsichtiger als Mike, weil sie nicht wie er im Morast versinken wollten.

Mike zog mit schmatzenden Geräuschen seine Füße aus dem Schlick, hangelte sich an dem LKW entlang, bis er hinter dem Wagen ankam, wo der Boden noch fester war. Der Übergang von Schlick zu der festeren »Straße« lag nur einen Meter hinter dem LKW.

»Mit einem Traktor oder so wäre es kein Problem, den Wagen aus dem Dreck zu ziehen!«, stellte Gabriel fachmännisch fest.

»Das hast du ja toll erkannt«, blaffte Elly ihn an. »Und wo bekommen wir mal eben einen Traktor her?«

»Ich meinte ja bloß!«, verteidigte sich Gabriel.

Inzwischen hatten sich alle vier hinter dem LKW versammelt.

»Verdammter Mist!«, ärgerte sich Matti. Vermutlich hat Elly recht, dachte er bei sich. Er hätte in dem unbekannten Gelände langsamer fahren sollen. Dann hätten sie wahrscheinlich aus dem Dschungel entkommen können oder wären auf Hilfe getroffen und vermutlich bald zu Hause gewesen. Nun aber mussten sie einsehen, dass sie festsaßen.

»Es hat keinen Sinn«, sagte Matti. »Mit dem LKW kommen wir nicht weiter.«

»Also zu Fuß?«, fragte Gabriel.

»Wie sonst?«, antwortete Mike. »Vielleicht ist es ja nicht mehr so weit bis zur nächsten Siedlung. Vielleicht sogar nur einen halben Tag Fußmarsch oder so.«

»Ja«, sagte Elly. »Vielleicht. Vielleicht aber auch nicht.«

»Und wenn die Gangster uns doch noch mit ihren LKW verfolgen?«, warf Gabriel ein. »Dann haben sie uns bald eingeholt, wenn wir die Strecke zu Fuß latschen.«

»Ich denke, wie sollten versuchen, parallel zu der Schneise durch den Dschungel zu gehen. Wir dürfen dabei natürlich den Weg nicht aus den Augen verlieren.«

»Ja. Gute Idee!«, stimmte Matti ihr zu. »Vermutlich ist das sogar der sicherere Weg. Denn man sieht uns nicht. So sind wir geschützt, auch wenn wir auf ein Lager der Gangster stoßen statt auf Bauarbeiter.«

»Okay!«, stimmte Mike zu. »Dann lasst uns keine Zeit verlieren und sofort losgehen.«

Er wollte sich in Bewegung setzen, doch Matti hielt ihn zurück.

»Lasst uns erst mal auf die Ladefläche schauen«, schlug Matti vor. »Wenn die Gangster mit dem LKW in den Dschungel gefahren sind, statt mit einem Jeep, dann haben sie bestimmt irgendwelche Ausrüstung gebracht. Lasst uns nachsehen, ob wir etwas finden, das wir gebrauchen können.«

Das war wirklich eine gute Idee, fand Mike. Daran hatte er nicht gedacht.

Sie öffneten die Abdeckplane am Heck. Matti kletterte auf die Ladefläche und schlug die Plane geschickt hoch aufs Dach, so dass man von hinten hineinsehen konnte.

Matti hatte recht gehabt. Der LKW war vollgestapelt mit etlichen Kisten. Matti sah sich um, ob er etwas fand, womit man die zugenagelten Kisten aufhebeln konnte, und fand tatsächlich ein Brecheisen.

Matti brach die erste Kiste auf und erblickte nur einen Haufen Holzwolle, mit der die Kiste vollgestopft war, um das eigentliche Material zu schützen.

Er griff vorsichtig hinein, drückte die Holzwolle auseinander und rief: »Ach du Schande!«

»Was?«, fragte Mike.

Auch er, Gabriel und Elly kletterten nun zu Matti auf die Ladefläche. Gemeinsam schauten sie in die Kiste und erblickten – einen Stapel Schnellfeuergewehre.

Matti brach die nächste Kiste auf. Da Waffenhandel im Dschungel wenig Sinn ergab, nahm Matti an, dass die Gewehre für den Eigenbedarf der Bewohner des Gangster-Camps bestimmt waren und es somit die einzige Kiste mit Waffen war.

Er sollte recht behalten. In der zweiten Kiste fanden sie keine Gewehre, sondern …

»Laborgläser!«, staunte Mike. Er kannte solche Gläser aus dem Chemieunterricht der Schule: Erlenmeyerkolben, Reagenzgläser, Bechergläser, Pipetten, Halterungen dafür und anderes Zubehör.

»Was um alles in der Welt will man im Dschungel mit solchen …?«, setzte Elly zu einer Frage an. Dann fiel es ihr selbst ein: »Drogen. Die wollten ein neues Drogenlabor aufbauen!«

Matti nickte und schaute verbittert drein.

»Und damit ist klar, dass sie uns auf jeden Fall weiter verfolgen werden. Denn die brauchen das Zeug und werden es suchen! Wir müssen weg von hier. Und zwar schnell!«

Darin waren sich alle einig. Elly und Mike sprangen sogleich vom LKW. Auch Matti wollte gerade runterklettern, als Gabriel rief: »Wartet! Leute, seht mal. Ich hab was gefunden!«

Wie es weitergeht, erfährst du im dritten Band der Survival-Serie ›Im Auge des Alligators‹.

Jetzt im Buchhandel erhältlich!

D-60596 Frankfurt am Main
ISBN 978-3-7373-4132-5

Ravenstorm – Eine Insel und ihre dunklen Geheimnisse

Abenteuer sind das Letzte, womit Molly und Arthur rechnen, als sie auf der abgelegenen Insel Ravenstorm mit dem alten Schloss ankommen. Doch als Mollys kleiner Bruder Jack spurlos verschwindet, entdecken sie, dass hier irgendetwas faul ist. Plötzlich stecken sie in schrecklicher Gefahr. Um Jack zu retten, brauchen Molly und Arthur all ihren Mut und echte Magie ...

Der erste Band der spannenden Abenteuerserie um die Insel Ravenstorm – mit einem Hauch Magie!

Gillian Philip
Die Geheimnisse von Ravenstorm Island – Die verschwundenen Kinder
Aus dem Englischen von Katrin Segerer
224 Seiten, gebunden

Das gesamte Programm gibt es unter
www.fischerverlage.de

fi 7-5213 / 2

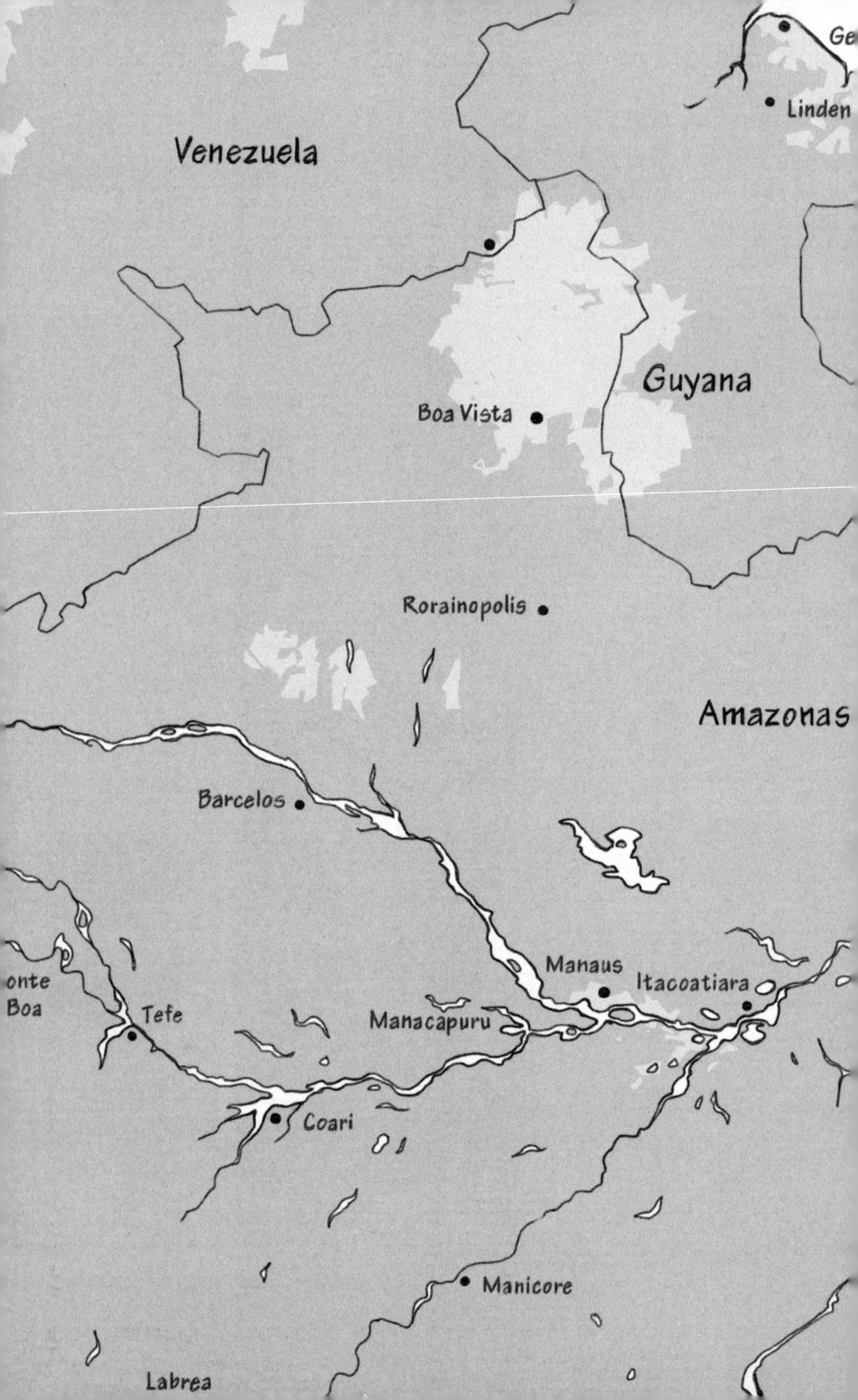

Ge
Linden
Venezuela
Guyana
Boa Vista
Rorainopolis
Amazonas
Barcelos
Manaus
Itacoatiara
onte
Boa
Tefe
Manacapuru
Coari
Manicore
Labrea